스무살,
자서전이 필요합니다

미성년을 탈출하고
인생 2라운드가 시작되었지만
여전히 방황의 연속이다.

나만의 방향키를 잡기 위해서는
아직 찾지 못한, 감춰진 , 잊고 있던
나를 찾아야 한다.
이것이 바로
스무살이 잠시 멈춰 서서
자서전을 써야 하는 이유다.

스무살,
자서전이 필요합니다

김태훈 지음

애드앤미디어

추천사

평범하지만 비범한 삶을 살기로 결심한 이들에게

일상은 상상력이 비상하는 텃밭이다. 매일 반복되는 평범한 일과도 누군가의 남다른 시선을 통과하면 비범한 사유를 잉태하는 텃밭으로 바뀐다. 누구나 경험하는 스무 살의 익숙한 삶을 낯선 시선으로 바라보며 색다른 시각을 잉태한 책이 있다. 바로 《스무살, 자서전이 필요합니다》라는 책이다. 이 책은 내가 만나본 가장 평범한 자서전이지만 비범한 삶을 살기로 결심한 사람은 반드시 읽어봐야 할 필독서가 아닐 수 없다. 왜냐하면 자서전은 자기변신을 위해 이전과 다른 서막을 올리고 전보다 나은 삶을 살기로 결심한 사람의 고군분투기이기 때문이다. 지금까지의 삶은 문제가 되지 않는다. 지금부터 다른 삶을 살기로 결단을 내린 사람들에게 이 책은 중요한 터닝포인트가 될 것이다.

지식생태학자 유영만
(한양대학교 교수, 〈유영만의 청춘경영〉 저자)

　도무지 그 변화의 정도와 끝을 가늠할 수 없는 '도마뱀의 뇌'가 지배하던 시기가 지나갔다. '이성의 뇌'가 자리를 잡기 시작하자 알을 깨고 나온 생명체. 이번에는 새로 변신하여 젖은 날개를 털며 비상한다.

　청소년기의 성장통을 호되게 견뎌낸 그는 담담히 지난 시간들을 조망하면서 자신의 내러티브(narrative)를 써내려간다. 그 누구의 시선도, 바람도 아닌 자신의 실체에 접근하는 정체감을 재구성한다. 그리고 지금 흔들리고 있는 젊음들에게 다가가 조용히 말을 건넨다.

"앞만 보고 달리는 것만이 정답은 아냐. 잠시 멈춰 서서 네 안의 너를 봐. 지나온 시간 속의 네가 너를 위로할 거야. 수고했다고, 고맙다고. 그리고 다시 시작하면 돼."

모모쌤 엄혜선
(상담심리사, 독서치료사, 〈궁금해요 모모쌤의 독서테라피〉, 〈나쓰담〉 저자)

　　　　　　　　　　　　　　　　　　　　추천사

스무살이
무슨 자서전이야??

2020년 12월, 나의 스물을 아무것도 이루지 못한 채 끝낼 수는 없었다. 나에게 스물이란, 모든 것에 도전할 수 있는 청춘의 시작이었다. '청춘이 아름다운 이유는 잘못된 길을 가더라도 다시 돌아올 시간이 충분하기 때문이다'라는 말처럼 지금까지 도전할 수 없었던 모든 것에 잠금 해제가 된 것을 의미하기도 했다.

자유로운 여행과 화려한 대학생활 등으로 채우고 싶었다. 그러나 이 모든 것이 코로나19로 허무하게 사라져버렸다. 캠퍼스의 낭만이나 대학생활의 설렘이 모두 사라져버린 상황 속에서 내 열정을 쏟을 만한 가슴 떨리는 일을 찾고 싶었다. 그리고 어느 날, 내 이야기를 끄적거리게 되었다. 본의 아니게 '작자 자신의 일생을 소재로 스스로 짓는 전기_{네이버 국어사전}' 즉 자서전을 쓰게 된 것이다.

「스무살, 자서전이 필요합니다」는 제목처럼 스무살까지 살아온 나의 인생과 이를 통해 느낀 점들을 쓴 책이다. '스무 살이 무슨 자서전이야?', '자서전은 위인들이 쓰는 책 아니야?'라는 생각이 먼저 들 거라 짐작한다. 나는 누구나 학교에서 또는 친구로서 한 번쯤은 보았을 법한 평범한 사람이다. 당연히 지금까지 살아오면서 대단한 업적을 이룬 것도 아직은 없다.

하지만 나는 썼고, 쓰다 보니 사람들의 고정관념에 반기를 들고 싶어졌다. 누구나 지금까지 살아온 자신의 인생을 성찰하고, 자신이 하고 싶은 말을 글로 써보면서 이를 바탕으로 앞으로 나아갈 힘을 기를 수 있으면 좋겠다는 바람을 가지게 되었다.

보통의 삶, 보통의 사람이 모여 세상을 만들고 인생을 만든다. '보통_{普通}'이라는 한자를 보면 '별 볼일 없음'이 아니라 '넓게 통한다'는 의미가 들어있다. 각자에게 보통의 의미는

다르게 인식되겠지만 '보통'이라는 수많은 평범함이 있기에 '특별함'도 가치를 지니는 게 아닐까. 내가 아는 모든 보통들은 그 자체로 충분히 특별하고 빛난다. 나 역시 보통의 사람이기에, 내 삶에 붙은 겸손한 수식어를 자랑스럽게 생각한다.

"쟤도 하는데 내가 못할 게 뭐 있어?"

이런 반응을 격하게 환영한다. 그리고 이런 마음으로 지금까지 살아온 자신의 인생을 한 번쯤 돌아볼 수 있는 기회를 가졌으면 한다. 스스로도 대단한 업적을 쌓거나 화려한 인생을 살았다 생각하지는 않지만 지금까지의 내 삶과 내가 경험하고 얻은 교훈들을 긍정해 보는 거다.

우리 모두의 삶은 충분히 아름답고 존중받기 충분하다. 겉으로 보기에 누군가는 화려하고 멋진 삶을 살고, 또 누군가는 어렵고 힘든 삶을 살 수는 있겠지만 마치 빙산의 일각처럼 겉으로 드러난 것보다 그 아래 드라마틱하게 자리한 내면의 이야기는 누구도 가치를 따질 수 없는 거대한 자산이기 때문이다.

내세울 것도 없고 어린 나이에 경험도 많지 않은 내가 이 책을 쓰는 것처럼 누구나 할 수 있는 일이다. 자신감을 가지고 글을 통해 자신의 과거와 경험들을 쓰고, 털어놓고, 성찰하고, 다시 시작하며 새로운 자신과 마주하길 바란다.

이 책은 나의 삶을 적나라하게 보여준다. 부끄러운 과거와 감정들을 공개하는 것이 당연히 쉽지는 않았지만, 지나온 모든 시간 역시 '나'이기에 가감 없이 솔직하게 긍정하기로 했다. 「스무살, 자서전이 필요합니다」는 청춘들에게는 자기계발서로, 대학입시를 앞둔 고등학생에게는 동기부여의 수단으로, 장년층에게는 서툴고 어린 스무살과의 대화로 읽힐 수 있겠다. 누군가는 책의 내용에 공감하고, 나처럼 자신의 이야기를 공유해 주었으면 좋겠다는 주제넘은 바람도 있다. 또한 이제 막 세상으로 나와 자신의 꿈을 찾기 위해 방황하고 있는 20대들에게 공감과 위로의 메시지가 되기를 바란다.

아직 스무살이다, 벌써 스무살인가. 이 책을 읽다가 서툴고 불완전한 문장이 나와도 친구처럼 애정으로 읽어주고, '살면서 처음으로', '내 생에'라는 말들에도 웃지 말고 진심을 담아 읽어주길 부탁한다. 이 모든 설익음과 서툶이 스무살의 특권이라 너그럽게 이해해 주길 기대한다.

目 목차

1장

×

자서전이
별건가

고추방앗간에서

　스무살의 가을이 시작되던 즈음, 나는 지금까지 한 번도 해 본 적 없는 신기한 아르바이트를 하게 되었다. 바로 전통시장 고추방앗간에서 고추를 빻는 일이었다. 중학교 2학년부터 시작해 지금까지 수많은 알바에 잔뼈가 굵은 나였지만 고추방앗간 아르바이트라니 너무나 생소했다.

　하루 8시간, 오전 10시부터 오후 6시까지 산더미 같은 고추를 기계에 넣고 빻아 고춧가루를 만들었다. 고추에는 다양한 국적이 있었다. 베트남산 매운 고추, 중국산 청양고추 등 지금까지 전혀 듣지도 보지도 못한 생소한 고추들을 하루 250kg 정도 빻다 보면 별 감흥 없이 기계적으로 돌아가게 된다.

　고추방앗간에서 가장 힘든 일은 고추를 빻는 일이 아니라

고춧가루가 몸에 붙거나 눈에 들어가는 것이었다. 이 고통은 내 문장력으로는 감히 표현할 수 없다. 눈에 모래나 먼지가 들어가는 고통과는 차원이 다른 고통이 찾아온다. 또 몸에 붙은 고춧가루 때문에 손, 팔, 뒷목이 따가워지고, 심한 경우는 다음날까지 고통이 계속된다.

하지만, 인간은 적응의 동물이기에 한 달 정도의 시간이 흐르면 모든 고통이 사라진다. 더 이상 몸이 따갑지 않고 눈에 고춧가루가 들어가도 크게 고통스럽지 않다. 이 경지에 이르렀을 때, 나는 드디어 '딴 생각'을 하며 고추를 빻을 수 있었다. 덜컹거리는 기계의 기괴한 소리, 나름의 역할을 하고 있는 환풍기 소리, 손님을 부르는 상인들의 외침... 이 모든 소리가 어우러져 8시간 동안 '딴 생각'의 BGM(Back Ground Music)이 되어 주었다.

왜 그런 생각이 들었을까. 그건 아무도 모른다. 그냥 불현듯, 순식간에, 갑자기, 뜬금없이, 이유 없이, 이상하게, '작가가 되면 어떨까?'라는 생각이 찾아왔다. 누구나 한 번쯤은 꿈꿔보는 '작가'라는 직업 말이다. 나 역시 지성과 품위가 적절히 조합된 이 '작가'라는 타이틀에 막연한 동경을 가지고 있었다. 해리포터를 쓴 '조앤 롤링'처럼 베스트셀러 작가가 되어 인세를 받으며 풍족하게 살아가는 건 물론이고, 독자들에게 나 자신을 '작가'라고 소개하는 멋스러움까지 이 모든 것이 '작가'라는 한 단어로 통했다.

"…… 어!"

'베스트셀러 작가가 되면 강연도 다니고, 인정도 받고, 돈도 많이 벌고…'

"……훈아!"

'나도 글이나 한번 써볼까, 뭐 별거 있겠어?'

"….ㅌ훈아! ….넘쳐!"

'근데 뭐 쓸 내용이 있어야 쓰지, 작가는 아무나 되나…

그냥 내 이야기만 써도 되는 거 아냐? 자서전처럼?

그래, 뭐 학교도 안 가고 시간도 차고 넘치는데 자서전이나 써볼까?'

"태훈아! 그거 넘친다!!!!"

'그래, 그냥 책 한번 써보지 뭐. 혹시 알아? 내가 베스트셀러 작가가 될지? 나도 강연도 다니고 TV에도 나오는 거 아냐?'

"태훈아! 그거 넘친다니까! 빨리 기계 꺼!"

'…………'

이미 대야가 고춧가루로 가득 차서 펄펄 넘치고 있었다. 고춧가루가 가득 차면 재빨리 다른 대야로 옮겨 담아야 했지만, 상상에 너무 깊게 빠진 나머지 아무 소리도 들리지 않은 것이다. 글을 쓰겠다는 무모한 다짐과 유명 작가가 되어 강연을 다닐 모습을 상상하다가 정신 줄을 놓았다고 밖에는. 넘쳐버린 고춧가루 덕분에 사장님께도 혼이 나고 쏟아진 고춧가루를 수습하는 일이 짜증스러웠지만, 무언가 가슴 떨리는 일, 열정을 쏟을 수 있는 일을 찾았다는 생각에 심장이 쿵쾅댔다.

　우습게도, 바로 이 장면이 내가 자서전을 쓰게 된 계기이다. 사람들은 마치 어떤 일에는 대단한 이유나 계기가 있을 거라 기대하지만 실상은 드라마나 영화 속의 주인공처럼 그런 드라마틱한 이유는 없을 때가 많다. 반복되는 일상 속에서 어제와 똑같은 오늘을 보내다가 우연히 발견하거나, 그냥 해보는 것.

　우리가 중대한 결심과 다짐을 하는 순간은 언제인가? 새해 해돋이를 보러 꼭두새벽부터 산에 올라 떠오르는 새해의 태양을 볼 때일까? 나는 아니라고 생각한다. 우리가 새로운 결심을 하게 되는 순간은 지극히 사소하게도 휴일에 누워서 TV 예능을 보거나, 지하철에 앉아 딴 생각을 할 때, 또는 집

안일 등의 단순노동을 할 때일 경우가 많다.

중요한 건 이 무수히 스쳐지나가는 생각들을 붙잡는 것 같다. 내가 고추방앗간에서 고춧가루를 빻으며 든 생각을 실행에 옮긴 것처럼. 우리의 다짐은 머릿속에서 끝나버리는 경우가 많다. 이번에는 당신의 다짐이 머릿속에서 손끝으로 옮겨갈 수 있기를 진심으로 바란다.

이거 내 자서전에
써야겠는데?!

우리나라는 공부를 너무 많이 하는 경향이 있다. 그것도 잘못된 공부를. 어떨 땐 마치 사회 전체가 똘똘 뭉쳐 이상한 오해에 휩싸여 있는 것 같다. 네이버 국어사전에 보면 자서전은 '작자 자신의 일생을 소재로 스스로 짓거나, 남에게 구술하여 쓰게 한 전기'라고 되어 있다. 그 어디에도 한 평생을 다 살고난 후, 몇 세 이상, 훌륭한 업적, 성공, 대단한 성과에 대한 이야기는 없다. 그런데 우리는 자서전은 마치 아무나 쓰면 안 되는, 전기나 위인전과 혼동하고 있는 것 같다.

물론 위대한 인물들의 자서전은 그 자체로 빛이 난다. 헬렌켈러의 「사흘만 볼 수 있다면」, 백범 김구 선생의 「백범일지」, 축구 선수 박지성의 「마이 스토리」 등은 모두 역사에

기록될 만한 업적을 가진 위인들의 자서전이다. 이런 책들은 작가가 겪었던 시련과 고난, 성공과 성취의 스토리가 독자의 가슴을 울린다.

하지만, 대다수 보통 사람들의 삶은 어떤가? 나를 예로 들면, 자서전을 쓰기에는 감동적인 스토리도, 어디 내놓을 만한 업적도, 그렇다할 시련과 고난도 없는 삶을 살았다. 옆집의 평범한 청년, 그 이상도 이하도 아니다. 물론 그렇지 않은 사람도 있겠지만, 이 책을 읽는 대부분의 독자들은 나와 비슷할 것이라 생각한다. 그렇다면 우리는 언제 자서전이라는 것을 한 번 써볼 것인가.

가끔씩 정말 내 인생에서 기억에 남을 정도로 재미있었던 일, 어려웠던 일, 실패했던 일, 감동적인 일들을 겪었을 때 사람들은 이렇게 말한다.

"야, 이건 나중에 내 자서전에 써야겠는데?!"

"이 정도면 자서전 열 권도 쓰겠다."

이 말에 동의한다. 자서전은 대단한 사람이 쓴다는 고정관념만 버린다면 열 권도, 스무 권도 쓸 수 있다. 한 사람의 삶, 한 사람이 지나온 시간들을 기록하는 글이기 때문이다. 결론은 누구나 쓸 자격이 충분하다는 것이다. 지금까지 수없이 읊어온 '내 자서전에 써야겠다'한 '그것'들을 글로 옮기는 것이 바로 자서전이다. 어렵게 생각하지 않았으면 한다. 어렵고 복잡한 고민은 시작 시간을 늦출 뿐이다.

여전히 대다수는 자서전을 쓸 만큼 드라마틱한 사건이나 기억에 남는 업적이 없어서 쓰지 못하겠다고 생각할 수 있다. 또 대학입시 때 치열하게 혹은 영혼 없이 써야 했던, 더러는 자소설이라고도 부르는 자소서(자기소개서)와 뭐가 다른가 반문할 수도 있겠다. 내가 생각하는 자서전과 자소서의 가장 큰 차이점은 목적성이다. 자소서가 '대학입시에 성공하기 위해 나의 과거를 취사선택한 짜깁기'라면 자서전은 '가감 없이 솔직하게 쓴 자신의 이야기'라는 점이다.

왜 굳이 20대에게 자서전이 필요한가, 20대에 자서전을 써보라고 하는 이유는 역설적이게도 자서전은 오히려 미래지

향적인 활동이기 때문이다. 영국의 정치인이자 사학자 E.H Carr는 그의 책 「역사란 무엇인가」에서 '역사란 과거와 현재의 대화'라고 했다. 공자는 논어(論語) 위정편(爲政篇)에서 '온고이지신(溫故而知新)' 즉 '옛것을 익히고 쌓아서 새로운 것을 아는 사람'이라면 능히 남의 스승이 될 만하다고 하였다. 이것과 같은 의미로 미국에서는 'Study The Past, if you would define the future(미래를 정의하고 싶다면, 과거를 공부하라)'고 한다. 지나온 시간이 바로 미래의 나침반이 되기 때문이다. 한 나라의 역사가 그 나라의 미래를 비추는 거울이라면, 한 개인의 역사를 돌아보는 일은 그의 인생에 나침반이 되어 줄 것이다. 왜 앞날이 창창한 20대가 자신의 지난 시간을 돌아보는 자서전을 써야하는지 깊이 생각할 대목이다.

그렇다면 왜 과거의 에피소드나 사건을 회상해 쓰는 자서전이 작가에게 있어 미래지향적인가? 사람들은 기왕이면 현재의 시간이 미래에 의미 있게 남기를 바라는 경향이 있다. 자서전을 쓰면 그것이 가능해진다. 과거의 내가 어떻게 살아왔고, 어떠한 일을 했는지를 회상하지만 동시에 '훗날 나의 20대를 돌아보았을 때, 나의 20대는 이렇게 기억되고 싶어'라는 욕망을 갖게 한다.

이러한 생각이 들었다면, 우리는 기억되기를 원하는 방식대로 현재를 살아갈 수 있다. 자신의 꿈에 미친 듯이 도전할 수도 있고, 열정적인 연애를 시작할 수도 있다. 어떠한 방식이든, 자신의 바람대로 산다면, 훗날의 나는 지금 이 순간의 나를 의미 있게 기억할 것이다.

20대에 자서전이 꼭 필요한 이유 역시 여기에 있다. 이제 막 미성년을 탈출해 성인으로서의 삶이 시작된 20대들은, 학창 시절의 자아와 성인으로서의 자아가 충돌하면서 많은 혼란과 방황을 겪는다. 학창시절에는 부모님이 원하는 대로, 주변에서 말하는 대로, 사회에서 기대하는 대로 좋은 대학만을 바라보고 달려왔지만, 막상 성인이 되고 어른의 삶이 시작되고 보니 내가 무엇을 좋아하는지, 무엇을 잘하는지 아주 기본적인 것조차 어려워진다. 또 그동안 좋아한다고 여겼던 전공이나 진로 역시 나와 맞지 않다는 것을 뼈저리게 느끼기도 한다. 하지만 주위에서는 "너 같은 좋은 나이에 왜 그러고 있어, 더 부딪치고 겪어보고 그래야지!"라며 20대들을 다그친다. 청춘은 가만히 있어도 욕먹는 시기, 열심히 하고 있어도 더 열심히 해야만 하는 시기가 되어 버린다.

'아프니까 청춘이다'라는 말에 나는 동의하지 않는다. 그게 무슨 잔인한 말인가. 유병재의 말처럼 아프면 환자지 청춘이 아니다. 우리는 그저 우리가 하고 싶은 일, 우리가 열심히 할 수 있는 일을 찾고 싶을 뿐이다. 그 과정에서 아플 수도, 힘들 수도 있다는 것은 알지만, 그 아픔을 당연하게 여기지는 않았으면 한다. 물론 20대의 소중한 시간을 허무하게 낭비해서는 안 될 것이다. 우리는 20대의 가장 큰 무기인 '젊음'을 적극적으로 활용해야 한다.

그 첫 단추로 나는 혼란과 방황을 겪고 있는 20대들에게, 자서전을 권한다. 내가 경험한 것처럼, 태어나서 처음으로 내 삶을 돌아보며 쓴 자서전은 내게 위로가 되었고, 응원과 격려가 되었으며, 나의 20대의 방향성을 제시해 주었다. 지금 이 책을 읽는 당신도 자신의 자서전을 써보며 지금까지의 삶을 돌아보고, 훗날 30대가 되고 40대가 되었을 때, 나의 20대는 어떻게 기억되고 싶은지 고민하며 새로운 인생의 이정표를 세울 수 있기를 바란다.

여러분들이 지나온 시간을 되돌아볼 때, 그 시간 속에 길잡이가 있었음을 발견하리라 믿는다.

2장

✕

스물,
잔치는 끝났다

"아, 진짜 떨어지면 안 되는데..."
"여기는 붙을 거야, 확인 눌러봐 빨리."
"........."

수험번호 xxxx, 축하합니다. 합격입니다.
신입생의 입학을 환영합니다.

　수험생의 끝을 알리는 마침표였다. 드디어 이 지옥 같은 고
등학교 수험생 시절에서 탈출했다는 생각에 후련하기도 했
고, 한편으로는 이 한 줄 보려고 이렇게 긴 시간을 달려왔나
허무하기도 했다. 어쨌든, 모든 것이 끝났고 이제는 놀 일만

남았다. 앞으로의 내 인생에는 탄탄대로만 놓여있을 거라 생각했고, 청춘의 아름다움과 열정으로 일상을 가득가득 채우리라 굳게 다짐했다. 대학 캠퍼스의 낭만, 술, 자유로운 여행과 거칠 것 없는 도전 등 머릿속에는 환상적이고 낭만적인 20대의 모습이 아우성쳤다.

그렇게 2019년의 마지막 날, 나는 지금까지 쌓였던 억울함과 울분을 한 번에 터뜨리고 본격적으로 자유를 만끽할 준비를 하고 있었다. 친구들과 구로디지털단지의 술집 앞에 모여 자정이 되기만을 기다렸다.

오후 11시 59분, 나의 가슴은 바람이 가득 차 있는 풍선같이 부풀었다. 1분 후면 술집에서 당당히 술을 마실 수 있고, 편의점에서 자연스럽게 술을 살 수 있다는 사실은 거리에 옹기종기 모여 1분 후를 기다리고 있는 모든 열아홉을 설레게 하기에 충분했다.

"5, 4, 3, 2, 1!!!"

카운트다운이 시작되고 드디어 휴대폰 화면에 '00:00'이라는 숫자가 나타났다. 곳곳에서 설렘이 담긴 환호가 터져나왔다. '00:00'이라는 시간은 지금까지 수도 없이 봐온 익숙한 숫자였지만 이날의 '00:00'은 이전과는 농도가 다른, 세상에 하나밖에 없는 '새로운 시작'을 의미했다.

이 거리에 있는 술집의 술은 모두 마셔버리겠다는 치기로 당당히 주민등록증을 보여주고 술집에 들어갔다. 태어나 처음 음식 맛을 깨달은 것처럼 모든 것이 놀라웠다. 빅뱅의 '붉은 노을'이 귀를 찢을 듯 흘러나왔고, 술집 안의 모든 사람들은 큰 소리로 따라 부르며 신년을 맞이했다. 성인들처럼 자연스럽게, 분위기에 취해 우리는 소주와 맥주를 가릴 것 없이 모든 술을 주문했다. 생애 처음 먹어보는 술집 안주들을 마음껏 시켜 우리의 스물을 축하했다. 그렇게 빅뱅의 '붉은 노을'은 언제, 어디서든 스물의 그때로 나를 소환하는 인생 노래가 되었다.

거짓말처럼, 늘 울분과 억울함에 싸이게 했던 '미성년자'라는 장애물과 '입시'라는 무거운 족쇄가 성인이 된 그 순간, 모두 날아가 버렸다. 누구의 눈치도 보지 않고 당당히 술집에서 술을 마시고 있는 나를 자랑스러워하며, '진정한 자유는 이런 느낌일까?'라는 짜릿한 쾌감과 함께 나는 스물이 되었다.

매일 술과 함께했다. 2020년의 1월엔 한 3일 정도를 제외하면 매일 술을 마셨던 것 같다. 한번 술을 마시러 나가면 다음 날 해가 뜨기 전에는 집에 들어가지 않았고, 눈을 뜨고 있는 거의 모든 시간이 술과 함께였다. '스무살의 1월은 당연히 이렇게 보내는 거 아니야?' 열정적으로 술을 마셨다.

그렇게
사고만 치더니

　술과 함께 1월을 보내고, 진정한 한국의 성인으로 거듭나는 첫날인, 설날을 맞이했다. 나는 설날에 시골에 가는 것이 좋았다. 대학에 붙고 스스로 떳떳하기도 했고, 친척들의 놀라워하는 반응과 축하가 쑥스럽지만 기대되었다. 무엇보다 할머니와 할아버지, 그리고 친척 어른들께 세배하고 받는 세뱃돈이 가장 큰 이유였다.

　"그렇게 사고만 치더니 좋은 대학도 가고, 성공했네, 성공했어."

　"이렇게 될 줄 누가 알았겠어, 엄마가 진짜 좋아하시겠다."

대학에 합격한 나를 향한 친척들의 덕담이었다. 모두 입을 맞춘 것처럼 똑같은 말을 반복했고, 부모님의 어깨가 조금은 올라가신 듯 보였다. 나는 당당히 세뱃돈을 주머니 속에 넣었다. 성인이 되어 드리는 첫 세배인데다, 대학입학 축하의 의미로 지금까지 받아본 세뱃돈 중 가장 많은 세뱃돈을 받았다. 집에 오면서 나는 이 돈으로 또 술을 마실 생각에 설레고 있었다.

집으로 돌아가는 길, 지루한 차 안에서 휴대폰을 뒤졌다. 시간을 때울 흥미로운 뉴스를 찾고 있던 나는 신기한 뉴스를 하나 발견했다. 그 뉴스가 바로 나의 스물을 망친 코로나19였다. 당시 뉴스에서는 중국 우한에서 발생한 '우한 폐렴'이 중국을 덮쳤고, 전염의 속도가 매우 심각해 우한을 봉쇄한다고 보도했다. 이때까지만 해도 나는 사태의 심각성을 전혀 인지하지 못했다.

"그깟 전염병, 지난번 에볼라나 메르스처럼 별일 없이 그냥 지나가겠지."

아직 시작도 못했는데
'미개봉 중고'

나는 그깟 전염병 따위가 나의 스물을 이렇게까지 망쳐 놓으리라고는 전혀 예상하지 못했다. 인터넷 커뮤니티에서는 나처럼 대학에 입학했으나 코로나19 때문에 새내기 생활을 즐기지 못하고 2학년이 된 20학번들을 우스갯소리로 '미개봉 중고'라 부른다. 그깟 전염병이라고 얕잡아 봤지만 결국 그 전염병 때문에 나는 시작도 해보기 전에, 새내기라는 말도 못해보고 가장 핫한 스무살 신상 시절을 날려 버린 것이다.

당연히 2월의 성대한 고교졸업식도 물 건너갔다. 우한 폐렴은 '코로나19'라는 이름으로 불리기 시작했다. 대학입시의 종점을 찍고 새 출발을 알리는 고등학교 졸업식은 각 반에서 진행되었고 부모님의 참관이 금지되었다. 지금도 나는 고등학교 시절을 생각하면 구토가 올라오고 머리가 어지럽지만 한편으로는 지금의 나를 만들어준 아름다운 추억이기에 큰 의미가 있다. 그만큼 각별한 애증의 관계였고, 졸업식만큼은 제대로 끝내고 싶은 바람이 있었다. 그런데 부모님도, 축하 사절단도, 축하꽃다발도, 후배들의 부러운 눈길도 없는 졸업식 같지 않은 졸업식은 정말 너무나 실망스러웠다.

　당시는 마스크 착용이 의무화되지도 않았고, 대중교통 안에서도 마스크를 쓰지 않는 사람들이 수두룩했다. 조금씩 '사회적 거리두기'라는 말과 마스크를 착용하라는 안내가 신문, TV, 휴대폰 등의 매체에서 흘러나오기 시작했다. 그때만 해도 나는 코로나가 지금과 같이 팬데믹Pandemic의 수준까지 퍼질 것이라고는 상상하지 못했다.

　고대하고 고대했던 대학 입학이 다가왔다. 3월 초에 개강 예정이었던 대학은 개강을 2주 뒤로 미뤘고, 2주가 지나자 '전면 온라인 수업 대체'라는 청천벽력 같은 소식을 홈페이지 전면에 공지했다. 홈페이지에 올라온 이 공지는 고등학교 수험생 시절 그토록 힘든 공부를 견디게 해주었던 '꿈같은 대학 캠퍼스의 낭만과 새내기 생활'을 포기하라는 의미였고,

대학생을 꿈꾸는 모든 고등학생에게 로망과 같았던 'MT, 대학 축제 등'이 모두 사라질 것이라는 절망적인 선언이었다.

이 공지를 시작으로 처음에는 2주 동안만 실시한다던 온라인 강의가 1학기 전체로 확대되었고, 나는 1학기 내내 나의 새내기 대학생활을 노트북 화면 안에서 즐겨야 했다.

스무살의
코로나 블루

　나는 대학 개강 훨씬 전부터 새내기의 설레는 마음으로 노트북과 가방, 갖가지 옷들을 사 놓았다. 그런데 현실은 캠퍼스의 낭만은커녕 아직도 동기들의 얼굴과 학교 캠퍼스 구조조차 잘 모른다. 심지어 학생증도 발급받지 못했다. 실물 없는, 실체 없는 대학생이라는 사실에 실망감을 감출 수 없었다.

　노트북 화면 속에서 대학생활 같지 않은 1학기의 대학생활이 끝나고 길고 긴 여름방학을 맞이했다. 1학기 때 나의 학점은 우리 학과 중 최하위권 수준이었다. 꿈꿨던 대학생활이 모두 증발했다는 실망감과 우울로 공부가 손에 잡히지 않았고, 어떤 것에도 흥미가 생기지 않아 성적 역시 바닥을 쳤다.

점점 더 많은 코로나 바이러스 확진자가 주체할 수 없는 수준으로 발생하면서 방학 동안에는 더 아무것도 할 수 없었다. 그나마 스트레스 해소 수단이었던 운동도 헬스장 집합금지 조치로 문을 닫고, 작은 취미생활조차 할 수 없다는 생각에 우울감과 무기력이 찾아왔다. 내가 계획했던 모든 것이 망가지고, 나의 의지로 할 수 있는 것이 아무것도 없다는 생각이 나를 짓눌렀다. 알 수 없는 화가 가슴에 쌓여갔다.

학창시절 내내 그렇게 길기만 바랐던 방학이 하루라도 빨리 끝났으면 싶었다. 숨 쉬는 것 외에는 아무것도 할 수 없는 방학이 오히려 감옥 같았다. 방학도 필요 없고, 단지 무엇이라도 하고 싶었다. 그게 무엇이든 간절하게.

나는 수많은 확진자와 사망자를 발생시킨 코로나19에는 걸리지 않았지만, 코로나19가 몰고 온 쓰나미 같은, 스무살의 모든 꿈과 희망을 빼앗겨버린 '코로나 블루'에 치명상을 입었다. 비단 나 같은 스무살이 아니더라도 코로나19로 인해 도전의 기회를 잃고, 어쩔 수 없이 열정과 의지를 포기해야 했던 사람들은 상실감과 우울감에 빠졌다. 코로나19 종식이라는 실낱같은 희망마저 흔들리는 상황에 좌절했다.

무기력과 분노 속에 방학이 끝나갈 무렵, 나는 마음을 다잡기 위해 많은 노력을 기울였다. 혼자 생각에 잠겨 남은 스물을 어떻게 살아가야 하나 고민하기도 했고, 책을 읽으며 생각을 비우기도 했다. 그러다 나의 애증의 고등학교 시절을 회상하게 되었다. '지금 힘들었던 너의 고등학교 시절이 앞으로 두고두고 너를 일으켜주는 버팀목이 될 거야'하셨던 어머니의 말처럼, 그때에 얻었던 교훈을 떠올리며 마음을 다잡았다. 그 교훈들은 무기력에 빠진 나에게 다시 도전할 힘을 주었다. 나는 다시 앞으로 나아가고 싶었다.

인생은
주어지는 게 아니야

'그래, 지금 할 수 있는 것에 최선을 다하자'

대학에 입학한 이래 처음으로 공부라는 것을 시작했다. 2학기 수업 역시 전면 비대면 온라인 수업으로 대체되었지만 나는 비대면 수업에서도 충분히 해낼 수 있다는 마음가짐으로 강의에 참여했다. 1학기 때만 해도 듣기 싫은 수업은 일부러 출석하지 않았고, 어려운 과목은 시험 답안지도 제출하지 않았었다. 2학기 때는 천천히 한 발짝씩 나아간다는 생각으로 수업에 임했다.

수업을 대하는 자세 자체가 달라졌다. 지각하지 않고 수업을 들었으며, 모든 과제들을 제출하기 위해 매일 노트북 앞에 앉았다. 물론 나의 과제나 수업 참여도가 처음부터 열심히 대학생활을 하고 있던 다른 동기들에 비해서는 턱없이 부족했지만 나는 나름의 속도로 앞으로 나아갔다.

사람들은 모두 자신만의 속도가 있다. 나는 그저 나의 페달을 밟았을 뿐이다. 친구들에 비해 늦을 수도 있고 뒤처질 수도 있다. 아무도 그런 다름을 비교하려 들지 않았으면 한다. 중요한 건 속도가 아니라 방향이라는 말처럼, 자신의 삶에 진심인 젊은이들의 방향을 지지해 주고, 그들 나름의 각기 다른 속도를 존중해 주길 바란다.

그렇게 비대면 대학생활에 열중하던 중 코로나19 확진자 수가 눈에 띄게 줄어들면서 수강하던 수업 하나가 대면 수업으로 전환되었다. 난생 처음 대학 강의를 들으러 학교에 가게 된 것이다. 나는 학교에 가는 길도 몰랐고, 강의실을 찾아가는 일이 그렇게 힘든 건지도 몰랐다.

처음으로 학교에 갔던 날, 나는 인터넷에서 검색한 길을 따라 학교 근처 지하철역에서 내리기는 했으나 학교까지 가는 길을 몰라 헤매고 있었다. 방황하던 중 같은 학교 과잠을 입은 학생을 발견했고, 그 학생을 무작정 따라갔다. 그러나 그는 학교를 가는 길이 아니었다. 이를 뒤늦게 알아차린 나는 스마트폰 지도를 켜고, 한참을 학교까지 헉헉대며 달려가야 했다.

　입학 초도 아니고, 2학기인데 학교를 못 찾아 헤매는 학생
이 있다는 사실이 얼마나 웃픈 상황인지 내가 그 주인공이었
다. 그렇게 처음 학교에 가 학과 동기들을 실물로 만났다. 익
숙하면서도 낯설고, 낯설면서도 동지애가 느껴지는 어색함
속에서 짧은 이야기를 나누었다. 놀라웠던 건, 모두 같은 상
황에 처해있는 동기들이 좌절하거나 우울하기는커녕 의기소
침하고 움츠러들었던 나와는 전혀 다른 마음가짐으로 학교
생활에 임하고 있는 것이었다. 동기들은 암담하고 답답한 상
황 속에서도 의지를 잃지 않고 자신만의 방법으로 최선을 다
하고 있었던 것이다. 대화를 나눠보며 동기들의 긍정적인 태
도와 마음가짐을 보았다. 어쩌면 이때 느꼈던 부러움이 하나
의 원동력이 되었다고 생각한다.

　그렇게 나는 조금씩 회복해갔다. 코로나로 1학년 내내 상
상했던 대학생활은 한 번도 보내지 못했지만 나름 뿌듯한 2
학기를 보낼 수 있었다. 어쨌든 나는 도전했고, 노력했으며
앞으로 나아갔다. 성적이나 결과가 나의 노력을 다 증명하지
못할 수는 있지만 나 스스로가 노력했다는 사실을 나는 알고

있다. 그것이 중요했다.

다시 긴 방학이 시작되었다. '지금 내가 할 수 있는 것이 무엇일까?' 고민하다가 노트북을 열었다. 그리고 시작해 보기로 했다. 지금의 나를 있게 한, 작고 소소한 내 이야기, 스무살의 자서전.

3장

×

나의
사춘기에게

중2,
바람과 파도의 시간

"야 이거 괜찮을까?"

"뭐 어때, 설마 걸리겠냐?"

"아 뭐 걸리면 어때, 어차피 엄마 아빠도 다 알잖아."

"그래도 좀 쫄리긴 하네."

"저기 정자는 사람도 많이 안 오니까 괜찮을 듯."

중학교 2학년, 나의 사춘기의 시작이었다. 대화에 등장하는 '정자'는 동네 아파트 뒷산 야트막한 산 속에 있는 음침한 정자로 사람들이 자주 오가지 않는 구석에 있는 우리들의 아지트였다. 그곳은 혈기왕성한 중학생들의 음주와 흡연을 위한 나름의 술집이자 파티룸이었다.

"야, 어차피 이렇게 된 거 그냥 즐기자."

"뭐 어때 이미 끝났는데 어쩔 거야."

"그래, 마셔마셔."

우리는 각자의 방법으로 구해온 술을 들고 정자에 둘러앉았다. 한두 명도 아닌 10명에 가까운 학생들이 모였고, 소주와 맥주 등 다양한 주종들이 수십 병씩 쌓였다.

"야, 너 괜찮은 거 맞냐?"

"취했네, 취했어."

웃음이 끊이지 않았다. 우리에게는 금지된 음주와 흡연을 마음껏 즐긴다는 데서 오는 쾌감과 정해진 룰을 어긴다는 것에서 오는 두려움과 짜릿함이 뒤섞여 지루할 틈이 없었다. 물론 학교나 부모님께 절대 걸리지 않을 것이라는 보장은 없었지만, 지금 이 순간의 즐거움을 위해서는 그 정도 처벌쯤은 충분히 감수할 수 있었다. 종이컵에 가득 따른 술잔을 몇 차례 비우고, 온갖 방법을 동원해 구한 담배를 한 대 피우고 나니, 알 수 없는 뜨거운 것이 온 몸을 뒤덮었다. 눈앞이 빙글빙글 돌고, 세상이 몇 바퀴씩 돌고 있었지만 기분은 날아갈 듯이 좋았다.

우리는 산 속을 낄낄대며 뛰어다니기도 했고, 정자에 누워

수다를 떨기도 했다. 빈 술병들이 정자 곳곳에 널브러져 갈 때쯤엔 취한 친구들과 취한 친구들을 제지하려는 친구들의 격렬한 씨름이 벌어지곤 했다. 당시 우리는 주량이나 주사, 술을 먹는 방법 같은 것을 전혀 알지 못했기 때문에 무식하게 종이컵에 모든 술을 가득 따라 마셨다. 당연히 결과는 늘 처참했다. 술에 취한 친구들을 하나둘씩 집에 데려다주고 나서야 마법이 풀리듯 집으로 돌아가야 했다.

내 몸 가득 배여 있는 술 냄새, 담배 냄새부터 없애야 했다. 수많은 방법을 생각해 보았지만 술기운이 올랐던 탓에 그냥 집에 들어갈 수밖에 없었다. 부모님이 이를 모르실리 없었다. 집에 들어가자마자 부모님은 내 몸에 섞인 냄새들의 정체를 바로 알아차리셨다. 그러나 놀랍게도, 부모님은 아무런 잔소리나 꾸중 없이 내가 이불 속으로 들어가는 것을 바라보셨다. 나를 용서해서가 아니었다. '어차피 지금 혼내봐야 말도 제대로 못 알아듣겠네'하신 거였다.

다음날 아침, 당연히 부모님은 나를 순순히 학교에 보내지 않으셨다. 식탁에 앉아 밥을 먹는 건지, 욕을 먹는 건지... 도망치듯 집을 나왔다. 그리고 어김없이 학교에 가기 전 항상 친구들과 만나 담배를 피우던 또 다른 아지트를 향해 걸어갔다.

"너 어제 어떻게 됨?"

"나는 아무 일 없었는데?"

"너는?"

"나는 걸리긴 했는데 그렇게 혼나진 않았어."

"야, 나는 진짜 죽을 뻔했어. 진짜 각목을 꺼내더라."

부모님께 들킨 친구들도 있었고 다행히 들키지 않고 자연스럽게 집을 빠져나온 친구도 있었다. 우리는 전날 밤, 집에서 일어났던 무용담을 풀며 학교로 들어갔다. 정시에 학교에 등교하는 것은 불가능했다. 우리는 등교시간이 거의 다 돼서야 아지트에서 만났고, 담배 냄새를 들키지 않기 위해 오랫동안 밖에서 수다를 떨고 들어갔기 때문이다.

느지막이 학교에 들어가 책상에 엎드려 잠을 청하고 있을 때였다. 생활지도부 선생님이 반에 찾아오셨다.

"김태훈 어딨어? 너 따라와."

"......??"

"걸린 거 아니냐?"

어제 산속 정자에서 벌어진 중학생들의 일탈 소식은 너무나 빨리 학교 선생님들의 귀에 들어갔다. 교복을 입고 술을 먹었던 탓에 주변의 모든 주민들이 우리의 소속 중학교를 알았던 것이다. 예상은 했지만, 막상 생지부(생활지도부)에 앉아 있으니 앞날이 막막했다. 이전에도 생지부에 앉아 셀 수 없이 많은 반성문과 진술서를 써보긴 했지만, 이번 일은 걸릴 친구들이 너무 많았기 때문에 더욱 막막했다.

"술 누구랑 먹었어?"

"……"

"말 안 해?"

"……"

"말 안하는 게 의리라고 생각하겠지만, 진짜 친구면 말해야 되는 거야."

"……"

"이미 누군지 다 알아, 그러니까 빨리 말해."

"……"

전형적인 레퍼토리였다. 항상 이러한 심문 과정을 거치기 때문에 익숙했다. '이러다가 끝나겠지'하는 생각으로 입을 꾹 닫고 버티고 있었다. 그러나 이번에는 위협용이 아니었다. 정말 누구와 함께 있었는지 모두 알고 계셨다. 결국 우리는 모두 선도위원회에 회부되었고 처벌을 받게 되었다. 끝까지 나와 몇몇 친구만 담배를 피웠다고 고집을 부린 덕분에 우리만 가중처벌을 받고, 다른 친구들은 교내봉사 3일로 그

칠 수 있었다.

　"하, 짜증나네. 이거 어떻게 안 거냐?"

　"미치겠네, 그냥 쨀까?"

　"그래봤자 어차피 다시 시켜. 그냥 빨리 하고 끝내는 게 낫지."

　"그래, 뭐 한두 번도 아니고."

　교내 봉사는 익숙한 처벌이었다. 수차례 받아봤던 탓에 그다지 힘들지 않다는 것도 알고 있었다. 선생님이 지나가실 때만 열심히 쓸고 닦으면 시간을 때울 수 있었다. 그때의 우리는 교내봉사를 하면서도 즐거웠다. 친구들과 함께 있다는 것만으로 마냥 신나고 재미있었다.

　나는 학교에서 사고를 밥 먹듯이 치는 애로 유명했다. 나의 학교생활은 7교시 수업이 끝난다고 해서 끝나지 않았다. 학교가 끝나면 당연히 생지부로 가서 벌을 받는 게 하루 일과였고, 그렇지 않는 날에는 담임 선생님의 '교실 대청소' 처벌을 받아야했다. 이에 굴하지 않고 수차례 사고를 치고 말썽을 일으키고 나니, 더 이상 학교에서는 나에게 성적이나 지각 같은 사소한 일들로는 간섭하지 않았다.

"쟤는 그냥 사고만 안치면 다행이지..."

"너 이제 사고 안 칠 거지?"

수도 없이 들었던 말이다. 나는 사고만 치지 않으면 되는 학생이었고, 시험이나 수행평가까지 바라지도 않는 문제아였다.

사춘기의
이유

　나의 사춘기는 초등학교 6학년 때 시작되었다. 초딩이라는 유치한 딱지를 떼고 중학교 진학을 앞둔 나이, 머리가 굵을 만큼 굵은 내가 다 큰 어른이라고 생각했다. 근거 없는 자신감에 둘러싸여 모든 걸 내려다보듯 거들먹거리며 말하고 행동했다.

　처음엔 초딩의 귀여운 반항쯤이었는데, 어느새 지각을 일삼고 공부와는 담을 쌓게 되었다. 당시 스마트폰이 대중적으로 보급되던 시기였는데 부모님이 사주신 스마트폰으로 수업시간에 거리낌 없이 모바일 게임을 했고, 학교 앞 마트에서 사온 젤리를 몰래 먹곤 했다. 당연히 바닥을 기는 시험 성적 때문에 늘 재시험을 봐야 했는데, 시험문제를 다시 푸는

것이 싫어 다른 친구 답을 베껴 시험지를 후다닥 제출하고
도망치곤 했다.

  질풍노도, 그 시작은 나의 '감정적 혼란'에서 비롯되었던
것 같다. 그 작은 혼란이 사소한 반항을 일으켰고, 작은 반항
들은 점점 더 걷잡을 수 없는 큰 파도로 되돌아왔다.
  우리 집은 화목했고, 부모님은 나에게 헌신적이었다. 하지
만 언제부턴가 경제적 궁핍으로 인한 두 분 사이의 다툼은
초등학생인 내가 이해하기 힘들었다. 돈 때문에 싸우고 힘들
어하는 부모님의 모습은 큰 충격이었고, 우리 집이 중산층에
도 못 미치는 계층이라는 것이 수치심으로 다가왔다. 물론
지금 생각해 보면 세상물정도 모르고 어리기만 한 초등학생
의 생각이었을 뿐이지만, 당시엔 전부였던 그 생각의 파장은
컸다.

  초등학교 6학년 영어 수업시간, 감정을 스스로 조절할 수
없었다는 표현이 맞겠다. 친구가 장난으로 종이를 찢어 나에
게 던졌는데, 나는 의자를 박차고 일어나 친구의 멱살을 잡
았다. 순식간에 교실은 얼어붙었고, 갑자기 일어난 상황에
놀란 영어선생님은 나를 담임 선생님이 있는 교실로 황급히

보냈다. 크게 혼나겠다, 잔뜩 겁먹은 나는 아무 말도 하지 않고 가만히 서있었다. 그런데 선생님은 어떠한 꾸중도 없이 작은 메모장을 건네 주셨다.

"너희 나이 때는 세로토닌이 많이 나와서 쉽게 흥분하고 그럴 수 있어. 이 음식들이 좀 도움이 된다더라."

나는 그 메모장을 주머니에 접어 넣고 집으로 가 어머니께 보여드리며 이 음식들을 꼭 먹어야 된다고 말씀드렸다. 그때 선생님이 적어주신 그 음식들의 이름은 기억나지 않지만 지금까지도 나를 무작정 혼내지 않으시고 따뜻한 마음으로 감싸주신 선생님에 대한 따뜻함이 남아있다.

사소한 반항과 일탈로 6학년을 보내던 중, 부모님께 하늘이 무너지는 듯한 소식을 들었다. 지금 이 동네를 떠나 다른 곳으로 이사를 가야 한다는 것이었다. 나에게 어떤 선택권도 없다는 걸 알고 있었지만 그게 더 화가 나 닥치는 대로 부모님께 짜증을 부렸다. 이사를 가더라도 나는 중학교는 초등학교 친구들과 같이 가겠다고 떼를 썼다. 그 떼가 통할 리 없었다. 결국 나는 강제로 초등학교 친구들과 이별하게 되었다.

그렇게 정든 초등학교를 졸업하고, 새로 아파트가 올라가기 시작한 뉴타운으로 이사를 왔다. 늘어선 아파트단지 외에는 친구들과 놀 수 있는 피시방이나 노래방도 하나 없는 허무맹랑한 동네였다. 지금은 모든 것이 잘 갖춰진 나의 고향과 같은 동네로 탈바꿈했지만 당시는 황량한 시골 그 자체였다.

절정으로
치닫다

교복을 맞추러 가면서 나는 내가 다닐 중학교를 처음으로 보았다. 새로 지어진 중학교는 아직 3학년이 없는 신생 학교였고, 시설들이 예전 초등학교와는 비교도 되지 않을 만큼 좋았다. 그리고 신도시 안에 초등학교와 중학교가 각각 하나밖에 없는 특성상 초등학교 졸업생 거의 대부분이 같은 중학교로 진학한다는 맹점이 있었다. 그 말은 대부분의 학생들이 서로 이미 친분이 있는 사이에서 중학교에 진학한다는 뜻이었고, 이사를 온 나는 깨끗하고 좋은 학교를 다닌다는 기대감보다는 새로운 친구를 사귀기 힘들 것이라는 두려움이 앞섰다.

중학교 등교 첫날, 새 학기의 떨림과 두려움이 섞인 복잡한 설렘과 함께 몸에 맞지도 않는 헐렁한 교복을 차려 입고 교문 안으로 발걸음을 옮겼다.

"야, 너 이리와 봐."

"네?"

"너 머리색이 그게 뭐야? 내일까지 검은색으로 풀어와."

"……네."

나는 첫날부터 밝은 갈색의 머리 때문에 선생님들의 눈에 띄어 교문 앞에서 잡혔다. 내일까지 염색을 풀어오라는 선생님의 말씀을 흘려듣고 나는 배정된 반으로 가서 앉았다. 반에 앉아 처음 본 친구들은 낯설고 무섭기도 했고 한편으로는 궁금하기도 했다. 곁눈질로 보면서 새롭게 사귈 친구들을 찾았다.

유년시절, 나는 내성적인 성격 탓에 사람들에게 먼저 말을 건네지도 못했고, 수업시간에 발표나 질문조차 하지 못했다. 친척들이 기억하는 어릴 적 나의 모습은 엄마 옆에 찰싹 붙어 떨어지지 않는 '마마보이'였고, 식당에 가서는 밑반찬을 더 달라는 주문도 하지 못하는 소심한 아이였다. 그렇기 때문에 새로운 학교에서 새로운 친구를 사귄다는 것은 여간 어려운 일이 아니었다.

다행히 며칠 동안 학교에 등교하면서 같은 아파트, 같은 동에 사는 친구를 사귀게 되었다. 그리고 절친한 친구가 되었다. 그 친구를 시작으로 다른 친구들과 친분을 쌓으며 나름 재미있는 1학년을 보낼 수 있었다.

하지만 이따금씩 아니 자주 나는 사춘기의 산발하는 감정을 제어하지 못했고, 선생님께 혼나는 일이 많았다. 지금은 항상 지각을 일삼고 수업시간에 잠만 자는 학생을 선생님이 좋아할 수 없다는 것을 너무나 잘 알지만, 당시에는 잘못한 것이 있어도 아니라고 대들었고 아무것도 아닌 일에도 화를 내며 선생님과 싸우려 들었다. 결국 나는 중학교 1학년 담임 선생님과의 갈등이 깊어져 중학교 3년 내내 인사도 하지 않는 사이가 되었다.

성적 역시 바닥을 쳤다. 내가 제일 싫어하는 과목이었던 수학은 항상 한 자릿수의 점수를 받았고, 다른 과목 역시 시험지는 쳐다보지도 않은 채 답안지에 마킹하고 엎드렸다. 이때 내가 공부를 하지 않았던 이유는 학생들을 일괄적으로 평가하는 부당한 교육 시스템에 대한 저항이나 주입식 교육에 대한 반항 같은 거창한 이유가 아니었다. 나는 단지 앉아서 귀찮게 책을 보는 것이 싫었고, 시키는 대로 공부를 하는 것이 흔히 말하는 '가오'가 떨어지는 행동이라고 생각했다. 그래서 나는 친구들에게 공부하지 않는 반항적인 아이라는 것을 보여주기 위해 일부러 공부와의 담을 더 높게 쌓았다.

사춘기의 절정이었던 중학교 2학년이 되었다. 반항과 일탈은 도를 넘었고 나는 부모님께 항상 걱정을 끼쳤다. 새로운 반의 새로운 친구들을 사귀면서 나의 일탈은 단순한 반항심의 수준을 넘어섰다.

학교를 가는 복장이나 차림부터 완전히 달라지기 시작했다. 나의 어깨에는 가방이 사라졌다. 가방에 무엇을 숨기기 위한 목적이 아닌 이상 메고 다니지 않았고 신발도 슬리퍼로 바뀌었다. 학교 선생님들은 항상 이런 나의 복장을 지적하고, 곱슬기 있는 머리카락을 지적하셨으나 나는 아랑곳하지 않았다. 학교에 가서도 수업시간에 결석하는 일이 잦았고, 수업시간에 화장실을 간다는 핑계로 나갔다가 끝날 때까지 들어가지 않은 적도 많았다. 심지어 학교 일과시간에 밖으로 도망쳐 나가는 경우도 비일비재했다. 브레이크 없는 반항심과 일탈의 재미에 빠져 헤어 나올 줄 몰랐다.

당연한 수순처럼 담배를 입에 물게 되었다. 처음 마셔본 담배 연기에 머리가 피가 통하지 않는 것처럼 어지러웠고 기침이 끊임없이 나왔다. 그러나 주변의 친구들에게 약하게 보이지 않기 위해 꾹 참고 연기를 마셨고 자연스러운 척 연기를 했다.

　학교에서 흡연으로 처벌까지 받고 집에서도 며칠 동안 크게 혼이 났지만 담배를 끊지 않았다. 오히려 술까지 마시며 나의 일탈을 더욱 과시했다. 지금은 이러한 나의 행동이 부끄럽지만 그때는 어떻게 그렇게 당당할 수 있었는지 궁금할 따름이다.

　담배에서 멈추지 못하고 술까지 마시게 된 나는 친구들과 학교가 끝나면 사람들의 눈에 띄지 않는 곳에 삼삼오오 모여 매일 술을 마셨다. 심지어, 몰래 가져온 술을 학교 안에서 먹기도 했다. 가방에 책 대신 술을 챙겼고, 가방 구석에 담배를 숨겼다. 이때부터 나의 귀가 시간은 눈에 띄게 늦어졌다. 학교는 오후 3시쯤 끝났지만 집에 들어가는 시간은 새벽 2시가 넘었고, 나는 겨울과 여름의 춥고 더운 날씨와 상관없이 밖에서 친구들과 하염없이 놀았다. 일주일에 하루도 빠짐없이 술을 마신 적도 있었고, 거의 밤을 새다시피 하고 집에 들어

간 적도 많다. 물론 부모님께는 크게 혼이 났지만 나의 반항
심은 끝나지 않았다.

낙인이론

낙인이론이란, 특정 행동이 객관적 상황 때문이 아니라 사회적인 평가 때문에 발생한다고 설명하는 이론이다. 즉, 한 번 그런 사람이라고 낙인찍혔기 때문에 그러한 행동이 반복된다는 말이다. 나는 낙인이론에 동의한다. 주위에서는 나에게 어떤 기대나 희망도 없었고 그저 학교만 졸업하면 다행이라 말했다. 주위의 무관심한 시선에 같은 행동을 반복했고 그 강도는 심해졌다. 변명이라고 생각할 수 있겠지만, 실제로 그러했다.

수차례 선도위원회에 불려갔다. 특별교육, 교내봉사 등의 처벌을 수차례 받았고 당시 학교의 모든 학생 중 독보적으로 선도위원회에 많이 불려간 전교의 문제아로 낙인찍혔다. 생활지도부 선생님들은 내가 올 때마다 이제 놀랍지도 않다는 듯 바라보셨다.

당시 생활지도부에 있던 선생님이 어머니가 근무하시는 학교로 발령을 받으셨는데 어머니가 그 선생님께 내 이름을 얘기하자마자 바로 아셨다고 한다. 나는 한 번도 그 선생님의 수업에 들어간 적도, 대화를 나눠본 적도 없는데 생활지도부의 유명한 단골 학생이었던 나를 그 선생님은 정확히 기억하고 계셨던 거다. 부끄러우셨을 어머니를 생각하면 지금도 얼굴이 화끈거린다.

방학이 되면 일탈은 더 극에 달했다. 친구들과 오전부터 만나 피시방에서 12시간이 넘도록 게임을 했고, 미성년자 출입금지 시간인 오후 10시가 지나면 모여서 술을 마셨다. 무엇에 홀린 것처럼 친구들과 노는 것 외에는 안중에 없었다. 잠도 제대로 자지 못하면서도 피곤함도 잊은 채 매일 그렇게 어울렸다.

게임이 질리고 술을 도저히 마시기 힘들 때는 둘러 앉아 새벽이 될 때까지 수다를 떨기도 했다. 재미있는 일을 만들기 위해 불장난을 하거나 일부러 사고를 치기도 했다. 아파트 단지 안 놀이터에 모여 놀 때면 주민의 신고로 경찰과의 추격전이 벌어지기도 했다. 그렇게 잡혀 경찰서로 끌려간 일도 있었고, 도망치다가 넘어져 다친 적도 있었다. 우리는 담당 경찰관과 거의 매일 마주쳐 서로 얼굴을 알고 있을 정도였다.

나는 공부와 더 높고 튼튼한 담을 쌓았고 그 담은 도저히 허물 수 없을 정도로 견고해졌다. 중학교 2학년부터 더 이상 나에게 성적으로 꾸중하는 사람은 아무도 없었다. 선생님과 부모님은 단지 내가 학교나 제대로 가길 바라실 뿐이었다.

쓸데없는
근자감

중학교 3학년, 나는 여전히 학교생활을 뒤로하고 친구들과 어울렸고 이전처럼 술을 마시고 새벽에 귀가하기 일쑤였지만 조금 달라진 것이 있다면 모든 것이 슬슬 이전같이 흥미롭고 재미있지 않아졌다는 점이다. 아무리 아름다운 경치도 매일 보면 감흥이 떨어지는 것처럼 일탈과 반항에도 조금씩 흥미를 잃어갔다.

그렇다 해도 내게 다른 출구는 없었다. 학교생활도 공부도 담을 쌓은 지 오래였고, 나는 가만히 앉아 무엇을 하거나 꾸준히 무언가를 하는 습관을 완전히 잃은 상태였다. 아무리 일탈에 흥미가 떨어졌다 해도 학교수업 같은 지루한 시간보다는 나았다.

그러던 중, 같은 반 친구에게 처음으로 수학을 배우게 되었다. 그토록 싫어했던 수학을 친구에게 배웠던 이유는, 공부를 시작하고 새로운 삶을 살겠다는 다짐 같은 대단한 이유가 아니라 단지 그 친구와 어울려 노는 것이 재미있었기 때문이었다. 그 친구와 어울리기 위해서는 친구가 풀고 있는 학습지를 나도 풀어야했다. 그래서 나는 처음으로 '수학'이라는 글자가 크게 적힌 교과서를 펼치고 수많은 공식들과 문제들을 접할 수 있었다. 공부를 했다고 말하기에는 부끄러운 수준이었으나 수학 교과서에 쓰여 있는 공식들을 외우며, 중학교 시절 처음이자 마지막으로 시험공부를 했다.

시험공부라고 해봐야 교과서를 한번 훑어본 것이 전부였다. 그런데 거짓말 같은 수학성적을 받게 된 것이다. 정확히 기억나지는 않지만 90점에 가까운 숫자가 적혀 있었다. 내가 지금까지 학교에서 받아본 모든 점수 중 가장 높았고, 내 성적표와는 전혀 어울리지 않는 신기하면서도 이상한 점수였다. 한 자릿수의 과목도 있었을 뿐더러 잘 찍어야 두 자릿수의 성적을 받았던 나에게는 상상도 할 수 없는 일이었다.

행운이 너무 쉽게 찾아온 탓에 '내가 이 정도만 공부해도 다른 친구들보다 점수가 높은데?', '학원까지 다니며 공부하는 친구들보다 점수가 높다는 건 내 머리가 비상하다는 뜻이 아닌가?'라는 오만한 생각에 사로잡혔고, 흔히 말하는 '근자감(근거없는 자신감)'에 빠졌다.

낯선 세상에서
나를 보다

"훈아, 영국 한번 가볼래?"

어머니가 한 달간 영국 어학연수를 제안하셨다. 소중히 모아두셨던 누나의 대학 등록금으로 마련한 기회였다. 나는 그것이 얼마나 큰돈이 드는 일인지 알지 못했고, 단순히 생애처음으로 유럽으로 여행을 간다는 기대감에 들떴다. 그때 어머니가 나를 위해 왜 그렇게 큰돈을 쓰셨는지는 아직도 의문이다. 나는 학교뿐만 아니라 집에서도 걱정만 끼치는 문제아였고, 일탈과 반항에 빠진 구제불능의 골칫덩어리였다. 그럼에도 돌아보면 부모님은 항상 내가 중2병을 끝내고 돌아오리라 믿어주셨던 것 같다. 거금을 털어 보내주신 한 달간의 어학연수는 좀 더 넓은 세상을 경험하고, 이 깊은 방황에서 돌아오기를 바라는 부모님의 간절함이었다.

영국행 비행기에 올랐다. 다양한 언어와 민족이 공존하는 유럽으로의 어학연수는 중3 소년의 마음을 설레게 하는 동시에 두려움을 주기에 충분했다. 약 10시간의 비행 동안 나는 오만가지 생각에 잠겼다. 이 비행기가 착륙하고 비행기에서 내리는 순간 내가 유럽에 서있을 것이라는 사실에 주체할 수 없을 정도로 가슴이 쿵쾅거렸고, 말 한 마디 제대로 할 수 없는 벙어리가 되는 건 아닐까 무섭기도 했다.

드디어 영국 공항 도착, 흡사 닐 암스트롱이 달에 첫발을 내디던 것처럼 나는 영국 땅에 첫발을 내디뎠다. 비행기에서 내려 처음 올려다본 하늘이 왜 그렇게 크게 보였는지. '하늘이 크다'는 표현 이외에는 그 하늘을 형용할 어떤 단어도 떠오르지 않았다. 카메라에 담긴 평면 사진이 아닌 파노라마처럼 펼쳐진 사진 같은 느낌이었다. 실제로 런던의 하늘이 서울보다 크고 높았기 때문이 아니라, 당시 부풀었던 내 마음이 하늘에 투영되었기 때문이 아니었을까.

어학연수 캠프가 있는 옥스포드로 가는 버스 안에서 나는 창밖으로 보이는 풍경에 눈을 뗄 수가 없었다. 생전 처음 보는 사람들이 처음 보는 세상에서 살아가고 있는 것이 그렇게 신기하고 흥미로울 수가 없었다. 꽤 오랜 시간이 걸리는 이동이었음에도 잠이 오기는커녕 버스 창문에 바짝 얼굴을 붙이고 앉아 밖을 바라보았다.

옥스포드 브룩스 대학에 도착했다. 숙소로 걸어가면서 '드디어 내가 딴 세상에 왔구나' 입을 다물 수 없었다. 그곳에는 포르투갈, 독일, 이탈리아, 콜롬비아, 일본, 홍콩 등 다양한 국적을 가진 또래들이 모여 있었다. 마치 내가 올림픽 개막식에 입장하는 선수단 같은 느낌을 받았다. 함께 간 한국 친구들과 있을 때는 느낄 수 없었던 알 수 없는 소속감 같은 것도 느껴졌고, 다른 한편으로는 피부색, 눈동자, 언어까지 모두 다른 외국인들과 같이 공부해야 한다는 사실이 두렵기도 했다.

각자의 숙소를 배정받고 방으로 이동했다. 숙소가 1인 1실이었다. 나는 한국 친구들과 같은 방을 쓰며 서로 의지하고 싶었는데 혼자 방을 쓰는 것이 그렇게 원망스러울 수가 없었다. 내가 아무리 싫다고 떼를 써도 바뀌지 않는다는 것을 수긍하고, 방에서 혼자 캐리어와 배낭을 풀었다. 처음으로 집이 그리웠다.

　누군가 방문을 두드렸다. 나는 그때 처음으로 내 또래의 서양인을 가까이서 볼 수 있었다. 이탈리아에서 온 그 친구는 나와 대화를 하고 싶다며 자신의 친구들과 이야기를 나누자고 했다. 부족한 영어 실력 탓에 무슨 소린지 대충 짐작해 알아차릴 수밖에 없었지만 그 친구의 선의는 정말 고마웠다. 숙소는 한 집 안에 각자의 방과 공용부엌과 공용화장실이 있는 구조였기 때문에 나와 한국인 친구, 이탈리아 친구 두 명은 부엌에 모여 앉아 대화를 나눴다.

　물론 대화는 제대로 이루어지지도 않았고 서로 무슨 말을 하는지도 몰랐다. 어색한 분위기 속에서 점점 말이 없어졌고, 영어에 자신이 없던 나는 옆 친구만 쳐다보았다. 그러나 친구 역시 영어가 유창하지 않았다. 우리는 '몸으로 말해요' 처럼 우리가 할 수 있는 모든 바디 랭귀지를 동원해 묻고 질문에 답했다. 어색한 대화가 끝나고, 서로 안면을 튼 우리는 숙소에서 자연스러운 인사를 주고받을 정도로, 이후에는 자연스러운 장난을 칠 수 있을 정도로 친해졌다.

　어학연수 프로그램이 시작되었다. 학생들은 영어 레벨테

스트를 봐야했다. 각자의 영어 실력에 맞게 반을 배정받아야 했는데 당연히 나는 가장 낮은 반에 배정되었다. 배정받은 교실에서 같이 온 한국인 형을 발견했다. 우린 몇 년 만에 만난 단짝 친구처럼 급속도로 가까워졌다. 항상 같이 붙어 다녔고, 내 방에 있는 매트리스를 들고 형의 방으로 가 같이 잠을 자기도 했다.

며칠이 지난 후, 한국친구들과는 모두 친해졌다. 우리는 서로에게 가족 같은 느낌을 받았다. 항상 모여서 수다를 떨며 서로를 위로했고, 인종차별을 당했을 때는 함께 분노했다.

같은 프로그램에 참여한 외국 친구들은 "Hey, Chinese!"라며 우리에게 물을 가득 담은 풍선을 던지기도 했고, 야유를 보내기도 했다. 이때 함께한 친구들이 없었다면 나의 첫 유럽 어학연수는 결코 행복하지 않은 기억으로 남았을 것이다. 함께 의지하고 즐거워하며 타지에서의 외로움을 덜었던 그때의 인연은 돈으로 살 수 없는 소중한 추억이었다.

3주간의 어학연수 프로그램이 끝나고, 1주간의 서유럽 여행을 즐길 수 있었다. 프랑스의 에펠탑, 루브르 박물관, 수상도시 베니스, 스위스의 샤모니 등 유럽의 이색적이고도 황홀

한 풍경들은 두고두고 내 정서의 아름다운 양식으로 남았다.

그 중 가장 기억에 남는 곳은 베니스였다. 눈길 닿는 곳이 다 한 폭의 그림 같았다. 사진에서만 보던 베니스를 곤돌라를 타고 직접 보고 있다는 사실은 내가 마치 다른 세상에 온 것 같은 황홀함을 주었고, 술에 취해 환상을 보는 것 같은 느낌을 갖게 했다.

여전히 현실은
문제아

　한 달 간의 짧은 어학연수였지만, 한국교육의 현실을 적나라하게 느낀 시간이기도 했다. 가장 크게 느낀 점은 한국에서 가르치는 주입식 교육으로는 절대 세계의 청소년들과 경쟁할 수 없다는 사실이었다.

　거기에서는 국영수보다는 소통능력과 친화력이, 암기보다는 이해력이 중요했다. 나의 의견과 다른 사람들의 의견을 듣고 토론하는 형식으로 진행되었던 어학연수 프로그램은 단순히 영어 문장을 최대한 빠르게 해석하고 5개 선지 중 정답에 체크하는 능력으로는 도저히 참여할 수 없었다. 나의 주관적인 생각일지는 모르겠지만, 최소한 내가 속해 있던 반 한국학생들은 자신의 의견을 표출하거나 궁금한 점을 질문하지 못했다. 반면, 다른 나라 친구들은 자신의 의견을 표현하거나 궁금한 점을 당당히 물어보는데 있어 어떠한 거리낌도 없었다.

당시 어학연수 수업에서 보았던 질문과 토론 중심의 수업은 지금까지 내가 봐왔던 한국학교의 그것과는 너무나도 달랐다. 내가 한국에서 경험한 수업은 선생님은 학생들에게 일방적으로 지식을 전달하고, 학생들은 전달받은 지식을 암기를 통해 내면화하는 시간이었다.

어학연수에서 얻은 소중한 경험과 교훈 덕에 내가 완전히 새 사람이 되었을 것이라 예상했다면 오산이다. 다시 한국에서 일상을 시작하게 된 나는 아무것도 바뀐 것이 없었다. 학교도 그대로, 선생님도 그대로, 나도 거짓말처럼 문제아의 자리에 그대로 돌아와 있을 뿐이었다. 부모님의 희생으로 보내주신 어학연수도 허투루 날리고 바뀐 것 하나 없는 삶을 한심하게도 벗어나지 못했다. 그렇게 변함없는 문제아로 남은 중학생의 마지막을, 그리고 새로운 고입을 향해 달려가고 있었다.

4장

×

터닝 포인트

꼴찌로 자사고에 합격한
비운의 학생

    모두가 대학입시를 위한 관문으로 고등학교 진학을 향해 달려갈 때, 나는 대학은커녕 고등학교 진학도 의미가 없는 불량학생이었다. 나에게 던져진 선택지는 공교육에서 자유로운 대안학교를 가거나, 그냥 일반 인문계 고등학교를 가거나, 아니면 진학을 포기하는 것뿐이었다.

    자포자기한 나와 달리 부모님은 아들의 진로를 놓고 노심초사하셨다. 그 깊은 믿음과 끝없는 지지는 지금 생각해도 놀랍고 감사하기만 하다. 원서 작성일이 다가오자 부모님은 나에게 자사고 진학을 제안하셨다. 내 주제에 말도 안 되는 선택이었다.

사실, 부모님이 내게 자사고를 권유하신 이유는 다른 데 있었다. 내가 공부에 소질이 있거나 명문대 입학의 가능성이 보였기 때문이 아니라, 단지 기숙사가 있는 학교를 찾다보니 대부분 자사고나 특목고였기 때문이다. 부모님은 내가 주변 고등학교에 진학해 악몽 같은 중학교 시절을 반복하는 것을 도저히 두고 볼 수가 없으셨고, 결국 나를 기숙사라는 울타리에 가두기 위해 대안학교와 인문계 고등학교의 절충안인 자사고를 추천하신 것이었다.

나의 반항과 반대에도 불구하고 부모님의 뜻은 완강했다. 부모님과의 치열한 공방전 끝에, 결국 한 달만 다니고 전학을 하거나 자퇴를 하겠다는 협상을 하고, 자사고에 원서를 썼다.

'눈 딱 감고 한 달만 버티고 나오자.

설마 되겠어? 된대도 한 달만 버티지 뭐.'

합격 발표날, 나는 홈페이지 공지에 올라온 '전원합격'이라는 공지를 보고 절망했다. 불합격해서 어쩔 수 없이 주변 인문계 일반고등학교에 진학하기를 간절히 바랐는데 하필이면 그해 그 학교는 미달이었다. 억세게 운이 나쁘게도 나는 최저의 성적으로 자사고에 합격한 비운의 학생이 되었다.

고등학교 진학이 확정된 후, 나는 중2때처럼 미친 듯이, 마치 군입대를 앞둔 것처럼 친구들을 만났고, 집에도 잘 들어가지 않았으며, 남은 기간을 아낌없이 즐겼다. 집에 들어올 때는 담배 냄새와 술 냄새를 풀풀 풍기며 들어갔고, 나갈 때도 숨겨놓은 담배와 술을 챙겨 나왔다. 그렇게 허무한 시간들을 보내고 중학교 졸업식을 맞게 되었다. 익숙한 것들과 이별하고 낯설고 새로운 상황에 또 직면해야 하는 것을 뜻하는 졸업식이 정말 오지 않기를 바랐다. 컵라면이 익기를 기다리는 3분은 너무나 긴 반면, 오지 않길 바라는 시험은 너무나 빨리 다가왔다.

　중학교 졸업식, 아이유의 '졸업하는 날'이 흘러나오고, 모든 학생들이 대강당에 모여 중학생으로서의 마지막 의식을 치르려 하고 있었다. 나는 감동과 슬픔보다는 분노를 느꼈다. 친구들에게는 괜찮은 척 연기했지만 속으로는 눈물을 참았다. 학생들은 담임 선생님께 고등학교 배정통지서를 받고 같은 학교가 된 친구들끼리 얼싸안고 소리를 지르기도 했고, 다른 고등학교가 배정된 단짝 친구들은 서로 마주보고 눈물을 흘리기도 했다.

　그러나, 나는 아무것도 할 수 없었다. 친구들과 더 이상 어울릴 수 없다는 생각에 허무함과 분노가 올라왔다. 아쉬움 섞인 인사를 건넸고 연락을 약속했지만, 친구들이 나를 잊어버릴까 무서웠고, 내가 친구들의 기억 속에서 아예 사라져버리는 건 아닐까 두려웠다. 설명할 수 없는 어떤 복잡한 감정이 계속 마음속에 남아있었다. 또 앞으로 내가 끝이 보이지 않는 3년간의 어둡고 긴 터널에 들어가야 한다는 사실에 뻑뻑한 고구마를 잔뜩 먹은 것처럼 가슴이 답답했다.

한 달만
버티자

　입학을 앞두고 '체험입사프로그램'에 참여해야 했다. 이 프로그램은 학교에서 기숙사 생활 적응을 위해 2주 동안 예비 신입생들을 기숙사에서 생활하게 하는 것이었다. 기숙사에 들어가기 바로 전날, 나는 진지하게 가출을 고민했다. 도저히 2주 동안이나 친구들을 만나지 않을 자신이 없었다. 그러나 부모님과 한 약속 때문에 어쩔 수 없이 기숙사로 끌려들어갔다.

　처음 기숙사 풍경을 보고 나는 경악했다. 생활관은 이층침대 2개, 옷장 4개와 화장실밖에 없는 인간 양계장이었다. 양계장의 닭이 된 것도 모자라 휴대폰, 인터넷은 일절 금지이고, 지하 학습실에서 하루 10시간 가까이 앉아있어야 한다는 기숙사 관장님의 말씀을 들으니 말 그대로 하늘이 무너지는 것 같았다. 나는 진심으로 탈출할 방법을 궁리했다. 다쳤다는 핑계로 나가볼까, 기숙사에서 나갈 수만 있다면 어떤 방법이라도 쓸 수 있을 것 같았다.

그러나 기숙사 프로그램은 숨 돌릴 틈도 없이 바로 다음날부터 시작되었다. 모든 신입생들은 분반고사를 봐야 했다. 나는 간단한 시험이라고 생각하고 대충 찍고 부족한 잠을 보충할 생각이었다. 하지만 국어, 영어, 수학시험을 한 번도 경험하지 못한 긴긴 시간 동안 치러야 했다. 잠도 오지 않았다.

'이왕 이렇게 된 거 그냥 한 번 열심히 풀어볼까?' 시험지를 펼쳐 보았다. 고1 3월 모의고사를 발췌한 문제들이 순서대로 쓰여 있었다. 나는 중학교 내용을 하나도 몰랐기 때문에 영어와 수학은 손도 댈 수 없었고, 그나마 한글로 쓰여 있는 국어만 풀 수 있었다. 그래도 나름 모든 과목을 집중해 풀었고, '점수 좀 나오겠는데?' 뿌듯했다.

예비 신입생들은 꽉 짜인 기숙사 스케줄에 따라 움직여야 했다. 태어나서 한 번도 책상에 시간 단위로 앉아있어 본 적이 없는 나에게 책상에 앉아있으라는 지시는 죽으라는 말과 동의어였다. 게다가 12시가 넘어서 취침하고 6시 10분에 기상노래가 울리자마자 바로 책상에 앉아있어야 하는 상황은 너무 절망적이었다. 그 새벽마다 억지로 겨우 책상에 앉은 나를, 자지도 못하게 계속 어깨를 흔들어대던 사감 선생님들을 속으로 욕하고 또 욕했다.

　나에게 기숙사는 군대였고, 감옥이었다. 도저히 버티지 못할 것 같았다. 20분이 2시간처럼 느껴졌고, 10분의 휴식시간은 마치 10초같이 스쳐갔다. 반면, 다른 친구들은 대략 10시간 정도의 학습시간 동안 학원에서 내준 숙제나 영어 단어, 두꺼운 미적분 문제집을 넘기고 있었다. 그들의 책상에는 여러 가지 문제집들과 참고서가 놓여있었으나 내 책상 위에는 단지 짧은 소설책 한 권이 덩그러니 놓여있을 뿐이었다. 옆에서 친구들이 치열하게 문제를 풀고 있을 때, 나는 그 길고 긴 시간 동안 책장만 의미 없이 넘기고 있었다.

　가장 고통스러웠던 것은 무료함이었다. 할 것도 없고, 잘수도 없는 학습시간은 너무나 무료하고 우울했다. 다행히 컴퓨터실에서 동기부여 영상을 시청하는 것을 허용해 준다는 소식에 나는 최대한 긴 영상들을 찾아 틀어놓고 앉았다. 유튜브에 동기부여 영상을 검색하면 '유명 인강 강사 OOO의 쓴소리, 동기부여'라는 제목의 영상이 셀 수 없이 많이 업로드 되어 있다. 영상에는 '0부터 100까지 모두 경험한 사람만이 50을 알 수 있다', '네가 성적이 오르지 않는 이유는 단지 네가 공부하지 않기 때문이다' 등의 충고가 담겨있었다. 하지만 그 충고들은 나에게 어떤 영향도 미칠 수 없었다. 나는 단지 시간을 때우기 위해 영상을 틀어 놓았을 뿐이고, 대학엔 관심조차 없어 대학 이름도 서울대, 고려대, 연세대를 포함해 대여섯 개밖에 알지 못했다. 그 주옥같은 충고에도 아무런 감정의 변화도 생기지 않았다.

그렇게 지옥 같은 일주일을 보내고 집에 다녀오는 금요일, 나를 데리러 오신 부모님의 차 안에서 미친 듯이 퇴사하겠다며 악다구니를 썼다. 정말 여기에 더 갇혀 있으면 자살할 것 같다며 부모님을 협박하기도 하고, 정신병에 걸릴 것 같다며 동정심에 호소해 보기도 했다. 그러나 부모님은 남은 일주일도 버텨보라며 완강하게 거절하셨다.

다시 기숙사에 들어온 나는 산소가 부족한 공간에서 숨을 쉬는 것처럼 가슴이 답답했다. 모래주머니를 달고 다니는 것처럼 몸이 무거웠다. 또 다시 절망적인 일주일을 보내야 한다는 생각에 미칠 것 같았고, 우울증에 걸린 것처럼 무기력했다.

기숙사 정문을 보며 수도 없이 뛰쳐나갈까 고민했다. 저 문만 넘어가면 '자유'라는 생각에 '쇼생크 탈출'의 주인공처럼 계획을 세우기도 했다. 명분이 필요했다. 물론 그냥 문만 열고 나가면 되는 일이었지만 아무 핑계나 명분 없이 나갔다간 다시 돌아와야 할 것이 뻔했다.

무기력하게 시간을 죽이고 있다 보니 금요일이 다가왔다. 출소를 앞둔 수감자의 마음이 이런 것일까, 나는 어떤 이유를 동원해서라도 빨리 집으로 가고 싶었다. 일분일초라도 빨리 이곳에서 벗어나야겠다는 생각밖에 떠오르지 않았다. 부모님이 오후 4시에 데리러 오겠다고 약속하셨으나 도저히 그때까지 기다릴 수 없었다.

"엄마, 제가 혼자 알아서 갈게요."

전화를 걸고 보니 혼자 들고 가기에는 집에서 가져온 이불과 옷가지들, 신발이 너무 많았다. 나는 어떻게든 일찍 나가기 위해 주변에 있는 비닐봉지와 쇼핑백, 내가 가져온 캐리어와 배낭에 모든 짐을 쑤셔 넣고, 양손도 모자라 양팔에 짐을 들었다. 집까지는 지하철로 한 시간이 넘는 거리였다. 무조건 나가겠다는 일념으로 기숙사 문을 박차고 나왔다. 길은 전날의 폭설로 눈이 발목까지 쌓여 손발이 얼어붙고, 지하철역까지 걸어가는 동안 몇 번이고 짐을 떨어뜨리고 줍기를 반복했으나 나는 전혀 힘들지 않았다. 정신이 육체를 지배한다는 말처럼 20킬로그램이 훌쩍 넘는 무거운 짐을 지고도 마음은 날아갈 듯 가볍게 집으로 돌아왔다.

"약속대로 입학하고 딱 한 달만 버티면 돼. 그땐 자유다."

수학 Ⅰ, 수학 Ⅱ
아직 안 돌리고 온 사람

고등학교 입학식 후, 기숙사 신입생 오리엔테이션 자리였다. 기숙사의 생활규정, 학습규정, 간단한 대학입시 설명을 들었다. 몇몇은 지루함에 고개를 떨구었고, 몇몇은 초롱초롱한 눈빛으로 설명을 들었다. 나는 그중 고개를 떨군 학생에 속했다. 나에게는 어차피 한 달만 버티면 영영 떠나버릴 곳이었고, 앞으로 절대 볼 일 없는 곳이었다. 그렇게 오리엔테이션이 끝나고 기숙사 팀장님이 어색함을 풀기 위해 학생들에게 농담 섞인 질문을 던지셨다.

"우리 학교가 대학을 잘 보내서 지원한 사람?"
몇몇 학생을 제외하고는 아무도 손들지 않았다. 물론 나도

들지 않았다. 팀장님은 이미 예상했다는 듯이 웃으며 다시
한 번 농담을 던지셨다.

"혹시 수학Ⅰ, 수학Ⅱ 아직 안 돌리고 온 친구?"

나는 아무런 생각 없이 태연하게 손을 들었다. 나에게 선행
학습이란 '공부의 신' 같은 TV 다큐멘터리에 나오는 영재들
이나 하는 것이었다. 실제로 내 주변에는 선행학습을 한 친
구가 아무도 없었기 때문에 당연히 모든 친구들이 손을 들
거라고 생각했다. 그 순간 나를 향하던 눈빛들이란. 나를 제
외한 모두가 '그런 애가 여길 왔다는 게 말이 되냐?'라는 표
정으로 웃고 있었다. 수십 명의 학생들 중 손을 든 사람은 나
혼자뿐이었다.

"정말요?"
팀장님의 실제 반응을 제대로 표현하자면 물음표가 한 다
섯 개는 더 붙어야 할 듯하다. 당연하게 지나가는 농담에 지
루한 표정으로 앉아있던 한 학생이 태연히 손을 든 것에 놀
라움을 감추지 못하셨다. 일제히 시선이 나에게 몰렸고, 맨
앞자리에 앉은 친구들은 일어서서 돌아보기까지 했다. 나는

순간 두뇌회전이 멈췄다. '이게 무슨 상황이지?' 나는 모두가 선행학습을 하고 왔다는 사실이 전혀 믿기지 않았고, 내가 그런 기본적인 선행학습도 하지 않은 신기한 학생이 되어버렸다는 사실에 당황스러웠다.

"괜찮아요. 지금부터 시작하면 돼."

팀장님은 부끄러워하는 나를 위로해 주셨지만 내 얼굴은 불타고 있었다. 이미 나는 기숙사의 유명 인사가 되어버렸다. 나의 부족함을 모두 앞에서 당당히 공개해버린 꼴이 꼭 이불에 오줌 싼 것을 들킨 초등학생 같았다. 수치스러웠다. 그래도 '설마 다 그럴까?' 일말의 기대를 품고 가까이 있는 친구에게 물었다.

"너 진짜 그거 다 알아?"

"당연하지, 그거 모르면 어떡하려고. 예비 고1때 학원에서 다 돌리잖아."

절망적이었다. 심지어 대놓고 무시하는 친구들도 있었다.

"그걸 모른다고?"

"말이 되냐? 뭔 생각으로 여기 들어왔대."

"인서울은 절대 못가겠네."

수치심과 알 수 없는 억울함에 바로 컴퓨터실로 달려가 고등학교 수학 과정을 검색했다. 그때 나는 망치에 머리를 맞은 것 같은 충격을 받았다. 체험입사 때 친구들의 책상에 놓여있던 미적분, 확률과 통계 등은 고2, 고3 과정이었던 것이다. TV에나 나와야 하는 그런 학생들이 내 주변에 앉아있었던 것이다. 이제 갓 입학했는데 신입생들이 고등학교 과정을 이미 다 알고 있다는 사실이 도저히 납득이 되지 않았다. 완전 다른 세상에 떨어진 게 맞았다.

전교 360명 중 274등

오리엔테이션 다음날, 1월에 봤던 분반고사 성적에 따라 반이 배정되었다. 나는 내 이름 옆에 쓰인 숫자를 보고 다시 큰 충격을 받았다. '나름 열심히 풀었네. 점수 좀 나오겠는데?'라고 기대했는데 나의 '근자감'에서 비롯된 오만한 생각이었음이 적나라하게 드러났다. 나는 내 머리가 비상하다 착각하고 있었고, 내가 열심히 푼 만큼 당연히 높은 등수를 차지할 것이라 생각한 것이다. 당연히 최소 100등 안에는 들 거라 자신했는데 결과는 전교생 360명 중 274등이었다.

'그래도 꼴등은 면했네, 그렇게 살았으면 그 정도 등수는 괜찮지 않아?'라는 생각이 들 거라 짐작한다. 실상은 360명 중 개인스케줄 때문에 시험을 보지 않은 친구들이 수십 명이 넘었고, 나중에 들은 바로는 '그 시험이 뭐라고 집중해서 풀어?'라는 생각으로 대충 푼 친구들이 대부분이었다고 한다. 또 찍고 엎드려 자버린 친구들도 많았다.

그렇다면 이 시험을 열심히, 집중해서 푼 나의 위치는 어디쯤이란 말인가. 내 이름 옆에 적힌 274는 무엇을 뜻하는 건가. 너무 충격적인 나머지 웃음밖에 나오지 않았다. 절망적이고 허무했다. '내가 이 정도로 멍청한 인간이었나?'라는 생각에 좌절했다.

"엄마, 나 274등이래. 전교생이 360명인데."

"그게 무슨 상관이야? 이제 시작하면 다 따라잡을 수 있어."

소식을 들은 부모님은 실망하시기는커녕 크게 웃으며 말씀하셨다. 특별히 멋있는 말도 아니었고, 대단한 가르침도 아니었는데 눈물이 났다. 한번 해보고 싶은 욕구가 생겼다. 내 인생의 터닝 포인트였다.

고등학교 입학과 동시에 겪은 수차례의 수치심과 절망감, 충격에 빠져 좌절하고 있을 때, 나를 아직 믿고 있는 부모님의 태연한 말씀이 너무나 크게 다가왔다. 혹시나 실패했을 때를 생각해 부모님께 말씀드리지 않고 몰래 교과서를 펼쳤다. 어떤 문제집을 풀어야 하고, 어떤 순서로 공부해야 하는지 전혀 알지 못했던 나는 공부 방법보다는 내 수준을 파악하는 것이 급선무였다.

결론은 '나는 아무것도 모른다'였다. 나는 정말 아무것도 몰랐다. 그래서 EBS에서 기초 중학 수학, 기초 영단어 강의를 찾아 무작정 듣기 시작했다. 물론 내가 아는 내용은 하나도 없었다. 그래도 나는 치열하게 공부했다. 무작정 기초 영단어, 중학 수학 개념서를 사서 풀기 시작했다.

굳은 의지와는 달리 나의 엉덩이는 너무나도 가벼웠다. 책상에 앉아있는 습관이 전혀 잡혀있지 않아 도저히 책상에 앉아 집중할 수 없었다. 공부를 시작한지 채 이틀도 되지 않아 포기하고 싶어졌다. 이때 나를 잡아준 것은 내 유일한 강점이라고 생각하는 '오기'였다. 좋게 말하면 '고집', 나쁘게 말하면 '악바리' 벌써 포기하면 다시는 시작하지 못할 것 같았고, 작심삼일의 3일 중 고작 이틀도 못하는 자신이 한심했다. 그래서 다시 악을 쓰고 책상에 앉았다. 눈꺼풀이 내려오고 도저히 눈을 다시 뜨기 힘들었다. 가끔씩 졸기도 했지만 나는 최대한 잠을 깨기 위해 노력했다. 커피를 마시기도 했고 불편한 자세로 앉기도 했다.

　첫 시험 4주전, 여전히 나는 무엇을 어떻게 공부해야 하는지 전혀 몰랐다. 그리고 수업시간에 항상 엎드린 습관이 남아있었기 때문에 수업시간 50분을 버티기 힘들었다. 당연한 결과로 수업시간에 어떤 내용을 배웠는지도 몰랐다. 그래서 나는 주위 친구들에게 어떻게 공부해야 하는지 물어봐야 했다. 다행히 친구들은 귀찮을 법한데도 내 질문에 성심껏 대답해 주었다.

　"그냥 받은 프린트랑 교과서 다 외워."

　친구들의 조언에 따라 나는 미친 듯이 프린트와 교과서를 외웠다. 내용은 하나도 이해하지 못했지만 그냥 달달 외웠다. 결국 나는 프린트 없이도 프린트를 만들 수 있을 정도로 프린트를 완벽히 외웠다.

　무식하고 비효율적인 공부 방법이었다. 이렇게 이해가 빠진 단순 암기로만 시험을 준비했으니 당연히 아무런 발전도 없었다. 나는 다시 200등 주위에 머물렀다. 내 생애 가장 열정적으로 준비한 시험이었지만 결과는 실망스러웠다. 중학 수학도 제대로 모르는 나는 이제야 피타고라스 법칙과 이차

방정식을 배웠을 뿐이고, 당연히 수학 시험지에는 손도 댈수 없었다. 하지만 나에게는 다른 방법이 없었다. 좌절할 시간도 없었다.

바로 중학 교과과정 공부에 돌입했다. 남들이 3년을 투자해 공부하는 중학 과정을 시간에 쫓겨서 내용을 대강 이해했으면 페이지를 넘겼고, 몇 달 만에 끝냈다. 당연히 부실할 수밖에 없었고, 시간이 지나도 기초가 부족해 성과를 낼 수 없었다.

기말고사에도 마찬가지였다. 다른 방법을 몰랐던 나는 더 열심히, 더 꼼꼼히, 암기하면 더 좋은 성적을 얻을 거라고 믿고 또 다시 교과서와 프린트를 외웠다. 드라마틱한 성장을 기대했지만 반복되는 무모한 공부 방법에 성적은 아무런 변화가 없었다.

"엄마, 저 공부 한번
해보고 싶어요"

여름방학을 기점으로 비로소 공부를 시작하겠다고 말씀드렸다. 아직까지 전학이나 자퇴를 하겠다는 말을 하지 않은 것만으로도 만족하고 계시던 부모님은 충격을 받으신 듯 했다. 진심으로 기뻐하셨고 응원해주셨다. 이후 나는 나름 철저한 방학계획을 세웠다. 바로 수학Ⅰ과 수학Ⅱ를 공부하는 것이었다. 주위에서 들은 조언에 따르면 개념서 1권, 문제만 모아놓은 문제 풀이집 1권, 심화문제 풀이집 1권, 총 3권만 풀면 충분하다고 했다.

여름방학은 기껏해야 한 달이다. 그 시간에 문제집 3권을 푼다는 것은 불가능에 가까웠다. 기숙사에서는 하루 10시간의 자습시간을 확보할 수 있었지만 그렇다 해도 나에게는 무리였다. 달리 방법은 떠오르지 않았고, 어쩔 수 없이 모든 시간을 수학에 투자했다.

부모님은 기숙사에서 나온 주말에 영어 학원을 다녀보는게 어떻겠냐고 제안하셨다. 평일에 죽도록 공부하고 주말에 겨우 친구들과 어울리며 쌓인 스트레스를 풀었는데, 그 주말을 포기하라니 마지막 남은 행복마저 사라지는 것 같아 결사반대를 했다. 부모님은 또 다시 전과 같은 제안을 하셨다.

"한번 해보고 도저히 아닌 것 같으면 그만둬."

정말 마법 같은 말이었다. 해보지도 않고 포기하는 것보다는 해보고 포기하는 것이 더 값진 경험이라는 부모님의 말씀은 묘하게 설득력이 있었다. 나는 학원에 다니기 시작했다.

어머니와 함께 학원 선생님과 상담을 하며, 내 현재 수준을 숨김없이 모두 말했다.

"3월 모의고사 영어 성적은 50점도 안되고, 내신 성적은 7등급, 8등급 왔다 갔다 해요."

선생님은 당황한 표정이 역력했고, 일단 레벨 테스트를 보겠다고 하셨다. 그러자 옆에 앉아 계시던 어머니가 갑자기 말 한마디를 던지셨다.

"얘가 지금은 부족할지 몰라도 한다면 하는 애입니다. 가르쳐 보시면 나중에 꼭 보람이 있으실 거라 생각해요. 장담합니다."

선생님께는 부모들이 흔히 하는 말쯤으로 들렸겠지만 그 말을 옆에서 듣고 있던 나는 왈칵 눈물이 날 것 같았다. 사고만 치는 문제아였던 나를 아직까지 한 치의 의심도 없이 단단히 믿고 있는 어머니의 말이 내 가슴을 울렸다.

가까스로 눈물을 참고 빈 교실에서 테스트를 봤다. 수준을 가늠할 수 없는 최하위권 수준의 학생을 선생님은 믿고 가르쳐 보겠다고 말씀하셨다.

공부와의
사투

누구나 인생에서 결정적인 순간이 있다. 나에게는 고1 여름방학이 그랬고, 이때 나를 받아주신 선생님이 내 인생의 결정적 멘토이자 은인이 되어 주셨다. 선생님은 그날 바로 기본 고등 영단어 책과 모의고사 문제집을 풀어오라는 숙제를 내주셨다. 나에게는 도저히 해낼 수 없는, 말도 안 되는 분량이었다.

시중의 영단어 책을 펼쳐보면, Day1, Day2 같은 형식으로 일별 분량이 나누어져 있다. 선생님은 하루에 Day1 분량도 버거운 나에게 5일치 분량을 숙제로 내주셨다. 일주일이면 한 달 분량을 외우게 되는 셈이었다. 게다가 모의고사를 한 문제도 풀지 못하는 내게 하루에 40문제가 넘는 분량을 풀어오라 하셨다.

"이걸 어떻게 다 해요. 말도 안 돼."라는 말이 입 밖으로 나오려는 것을 간신히 참았다. 선생님은 여기서 그치지 않고 나를 주말 내내 '10 to 10'으로 돌리겠다고 말씀하셨다. 오전 10시부터 오후 10시까지 학원에서 공부를 가르치는 것을 뜻하는 말로, 교육열이 높은 지역에서 일반적으로 중하위권 학생들을 대상으로 사용하는 학습프로그램이다. 이런 말도 안 되는 커리큘럼은 나에게 너무나 충격적이었지만 '그래! 눈 딱 감고 한번만 해보자'라는 마음으로 알겠다고 대답했다.

기숙사에 들어가 공부를 시작했다. 선생님이 내주신 숙제와 이전에 세웠던 계획을 병행하려면 잠을 줄이고 학습시간을 늘려야했다. 매일 새벽 2시까지 공부하고, 6시에 일어났다. 부족한 분량을 채우기 위해서는 쉬는 시간까지 아껴가며 공부할 수밖에 없었다. 거의 하루에 3시간 정도밖에 자지 못했다. 목표한 분량을 다 끝내지 못한 날은 그나마 3시간도 잘 수 없었다.

매일 피곤에 찌들어 있었고, 매일 코피를 쏟았다. 시간이 부족해 쉬지 않고 영어 단어를 외워야 했고, 문제를 풀어야 했다. 허리가 아파 더 이상 의자에 앉아있기도 힘들었다. 심지어 책상에 올려놓은 팔 전체에 접촉성 피부염이 생겨 약을 먹고 연고를 발라가며 공부하기도 했다.

쏟아지는 잠에서 깨기 위해 졸음껌, 카페인 음료 등 수많은 방법을 써봤지만 그런 일반적인 방법으로는 효과가 부족했다. 더 심한 방법을 찾아야 했다. 매일 펜 끝으로 허벅지와 팔을 찌르고 커피 원두를 씹었다. 잠을 깨기 위해 시도했던 갖가지 방법들은 잠깐 동안은 효과가 있었지만 쌓인 피로를 떨쳐내기에는 역부족이었다.

"X발......"

수십, 수백 번은 속으로든 밖으로든 내뱉었다. 평생 할 욕의 절반은 이 시기에 다 했다. 내 의지와 상관없이 튀어나온 말이었지만, 정말 욕이라도 하지 않고는 버틸 수 없는 시간들이었다.

처음 느낀
그 떨림

오기 하나로 버텼고 숙제를 전부 해냈다. 부모님은 나의 초췌한 모습과 매일 아침 베개에 묻은 코피를 보며 걱정을 하셨다.

"정 힘들면 그만해도 돼."

포기할 수 없었다. 지금까지 내가 해낸 것들을 수포로 돌리기엔 너무 아까웠다. 방학이 끝날 때까지 악으로 깡으로 공부했다.

방학이 끝나고 2학기 첫 시험이 다가올 즈음, 나는 처음으로 수업시간에 졸지 않았다. 좋은 성적을 부모님과 선생님께 보여드리고 싶었다. 수업시간에 집중하고 배운 내용을 복습하며 치열하게 시험을 준비했다. 처음 느껴보는 떨림이었다. 이전의 시험들이 스스로 기대가 없기 때문에 떨리지도 않는 마음으로 치렀다면 이번 시험은 나의 노력에 대한 기대 때문에 미친 듯이 떨렸다. 시험지를 받기 전, 내 다리는 휴대폰 진동처럼 떨렸고 손에는 땀이 흥건했다.

시험지를 펼쳐본 순간, 난생 처음으로 시험 문제의 정답이 보이기 시작했다. 기숙사 팀장님이 해 주시던 말이 떠올랐다.

"시험 문제를 시험지를 받고 알면 그 시험은 이미 망한 거예요. 어떤 문제가 나올지 이미 알고 시험장에 들어가야 성적을 올릴 수 있어요."

정말 그랬다. 정답이 눈에 쏙쏙 들어오는 놀라운 경험이었다. 그렇게 시험이 끝나고 성적표를 받은 나는 환호했다. 성적이 가파르게 올랐다. 무려 100등 안에 드는 성적을 받았던 것이다.

금요일이 되자마자 집으로 달려가 부모님께 결과를 보여 드렸다. 눈물을 흘리며 기뻐하실 거라고 생각했던 내 예상과 달리 부모님의 반응은 담담했다.

"당연히 그럴 줄 알았어. 놀랍지도 않네."

뜻밖의 반응에 전혀 실망스럽지 않았다. 오히려 감사했다. 내가 해낼 거라 확신했던 부모님께 감사했다. 이렇게 믿어주고 응원해준 부모님께 내가 그동안 무슨 짓을 한 건지 처음으로 나 자신이 원망스럽고 죄송했다.

부모님의 이 말은 두고두고 나의 고등학교 생활을 버티게 한 원동력이 되었다. 아무리 힘들어도 부모님이 기뻐하시는 모습을 보기 위해 참고 참았다. 지금까지 나 때문에 매일 우시고 속상해 하셨던 부모님의 표정이 밝아지는 것을 보는 것이 내 유일한 바람이었다.

학원 선생님께도 성적을 보여드렸다. 선생님은 진심으로 기뻐하셨다. 말도 안 되는 분량의 숙제를 다 해내고, 피부에 염증이 생기도록 치열하게 공부했기 때문에 당연히 보상을 받은 거라고 말씀하셨다. 너무 뿌듯했다. 인정받고 칭찬받는 것이 이렇게 기쁘고 행복한 건지 처음 알았다.

"더 올라갈 수 있어."

담임 선생님께서도 자신감을 북돋워주셨다. 동시에 여기서 만족하지 말라고 격려하셨다. 이렇게 나의 터닝 포인트에는 한결같이 나를 믿어주신 부모님과 할 수 있다 끊임없이 가르치고 지원해 주신 선생님들이 계셨다.

무엇보다 큰 성과는, 나 자신과의 싸움에서 이긴 성취감이었다. 나는 최하위권 학생이었다. 그러나 단 5개월만에 영어 모의고사 40점에서 1등급으로 올라섰다. 할 수 있다는 자신감이 생긴 나는 더 높이 올라가고 싶었다. 더 높은 성적으로 나를 응원해주는 사람들이 웃는 모습을 보고 싶었다.

　　결국 나는 50등 안에 드는 수직상승 성적그래프를 그렸다. 이전에 나를 무시했던 친구들보다 높은 성적으로 당당히 나의 노력을 입증했다.

꼴찌의
대반란

1학년 겨울방학 안에 확실히 상위권으로 올라가리라. 약점이었던 수학을 보충하기 위해 꼼꼼히 개념을 정리했다. 점수가 오르지 않았던 국어는 암기중심의 공부 방식에서 이해와 흐름 파악을 중심으로 전환했다.

난해한 수수께끼 같은 정철의 '관동별곡'은 통째로 외워버렸다. 해석과 풀이, 문장 속에 담긴 뜻까지 모두 암기했다. 하지만 국어 성적은 요지부동이었다. 방법을 바꿔 암기보다는 교과서에 나오는 『생각해보기』 같은 부분에 집중적으로 시간을 투자했다. 암기를 거의 하지 않는 대신, 수업시간에 눈에 불을 켜고 집중해 모든 내용을 이해하려 노력했다.

고리타분하게 '수업시간에 집중해', '교과서 중심으로 공부해'라는 말이 아니라─물론 수업내용과 교과서는 중요하지만─가장 중요한 것은 시행착오를 겪고 자신만의 공부법을 발견하는 것에 방점이 있다. 문제를 발견했을 때 개선하는 과정이 없다면 절대 성적은 변하지 않는다. 이전의 방법으로는 한계가 있음을 느꼈다면 반성하고 성찰하며 개선해야 한다. 스스로 바꾸지 않으면 아무것도 달라지지 않는다.

겨울방학 동안 수학 문제집 세 권을 푸는데 성공했다. 여전히 펜으로 허벅지를 찌르고, 매일 아침 피 묻은 베개를 보며 일어났다. 문제집과 노트에도 페이지마다 코피가 묻어 있었다. 늘 책상 앞에 앉아있다 보니 활동량은 적고, 밥 먹는 시간을 아끼려고 빨리 먹은 탓에 소화불량을 겪었다. 수면 부족으로 머리에서 사라지지 않는 두통에 매일 두통약과 소화제를 2알씩 먹어가며 공부했다. 허벅지와 팔에는 상처가 가득했고, 팔꿈치에는 또 다시 염증이 생겨났다. 물론 기숙사의 스케줄에 몸이 적응하고 공부하는 습관이 잡혀 있었기 때문에 여름방학만큼 힘들지는 않았다.

첫 시험대비 기간, 나의 첫 번째 목표는 수업시간에 집중해 선생님이 말씀하신 모든 부분을 잡아내는 것이었다. 내 경험상, 수업시간에 집중하고 필기하는 이유는 그 부분을 굳이 복습하고 따로 암기하지 않아도 기억에 남기 때문이다.

기본에 집중하는 방향으로 공부 방법을 바꾼 나는, 결국 2학년 첫 시험에서 그토록 바라던 목표를 이뤄냈다. 전교 13등, 계열 5등이라는 쾌거였다. 274등으로 입학한 꼴찌의 대반란이었다.

당당히 성적표를 들고 부모님과 선생님께 결과를 보여드렸다. 부모님은 성적표에 적힌 등급을 보고 처음으로 놀라셨고, 내 석차를 보고 다시 한 번 놀라셨다. 나는 지금까지 나를 무시했던 모든 친구들보다 위로 올라갔다. 질투 섞인 말들로 나를 견제했던 친구들보다 훨씬 높이 올라갔다. 이제 누구도 나를 무시할 수 없다는 생각에 취해 나는 기쁨을 만끽했다.

"너가 걔구나, 그렇게 성적을 많이 올렸다던데."
학교 선생님들의 반응이 달라졌다. 세상을 다 가진 듯했다. 학교에서도 인정받을 만한 성과를 냈다는 사실에 내 얼굴에서는 웃음기가 사라지지 않았다.
장학금도 받았다. 교장 선생님과 교감 선생님이 날 알아보셨고, 전에 참가했을 때는 떨어졌던 글짓기 대회에서도 최종

세 명 안에 뽑혔다. 높은 성적을 받고 보니 학교에서 나를 대하는 태도가 완전히 달라져 있었다. 내가 얻을 수 있는 것들이 너무나도 많아졌다. 성적이 낮을 때는 보이지 않았던 교내의 다양한 프로그램과 장학금들이 눈에 들어왔다.

나는 수시 입시대비반, 일종의 교내 심화반에 들어갈 수 있었고 최상위권 친구들과 함께 생활기록부를 채울 수 있는 프로그램에 자연스럽게 참여할 수 있었다. 급격한 신분상승, 그들만의 리그에 들어가는 특권을 얻은 듯 기분이 좋았지만, 모든 것이 성적으로 평가되고 줄 세우는 교육의 명암이 반영된 씁쓸한 현실이기도 했다.

과속방지턱

높은 성적과 칭찬에 취해 있던 나는 이후 긴 슬럼프를 맞이했다. 막상 성적을 올리고 인정을 받고 나니 주변의 기대감이 너무 커진 것이다. 나는 성적을 유지해서도 안됐고 성적이 떨어져서도 안됐다. 단지 올라가야만 했던 것이다.

부모님을 웃게 해드리고 싶다는 바람, 학원 선생님께 보답하고 싶다는 마음 때문에 '성적이 떨어지면 어쩌지?'라는 부담감이 내 생각의 대부분을 차지했다.

너무 불안했다. 여기서 성적을 더 올릴 자신이 없었고, 유지하기도 힘들었다. 지금까지 뒤도 돌아보지 않고 앞만 보고 달렸지만 뒤를 돌아보니 떨어질 절벽이 너무 높았다. 무거운 불안감을 혼자서만 간직하고 공부를 시작했으나 글자가 읽히지 않았다. 겉으로는 괜찮은 척하고 자신감 넘치는 척했지만 뒤돌아서면 불안감과 두려움에 떨었다. 아무리 책을 펼쳐봐도 내용이 머릿속에 들어오지 않았고, 시험이 다가와도 진정이 되지 않았다. 오히려 더 불안할 뿐이었다.

사실 나는 지난 일 년간 너무 지쳤었다. 스스로에게 채찍질만 했지 위로나 휴식은 멀리했다. 그런 건 나를 더 나태하게 할 뿐이라는 생각에 멈출 수 없었던 것이다.

불안감과 피로감은 결국 슬럼프로 찾아왔다. 다음 시험에서 전보다 20등이 떨어졌고 자신감은 바닥으로 곤두박질쳤다. 더 이상 부모님이 웃지 않을 거라는 불안감과 기대에 부응하지 못했다는 죄책감이 섞여 계속해서 늪에 빠져들고 있었다.

"엄마, 나 성적 떨어지면 어떡해? 계속 떨어지면 대학 못 가는 거 아니야?"

"상관없어. 너는 성공해."

어머니의 시크한 말 한마디였다. 따뜻한 위로도 아닌데 울음을 참을 수 없었다. 내가 어떻게 되더라도 나를 믿고 응원한다는 어머니의 무조건 반사처럼 나온 그 말 한마디가 나를 슬럼프의 늪에서 꺼냈다. 모든 불안감을 한 번에 떨쳐주었다. 주저앉아 있을 시간도 없었다. 나의 슬럼프는 그 순간 끝이 났고, 다시 앞으로 나갈 수 있는 발판이 되었다.

슬럼프를 떨쳐낸 2학년 2학기, 나는 다시 도약했고 이전의 성적을 되찾을 수 있었다. 일상을 유지하되 무리하지 않으며 스스로에게 휴식을 주었다. 정상에 오르기 위해서는 가파른 오르막을 만난 후에 잠시 숨을 고르는 시간이 필요하다. 나에게 슬럼프는 추진력을 얻기 위한 휴식이었고, 끝까지 산을 오르기 위한 준비였던 것이다.

아, 사관학교

수능까지 1년. 나와 친구들은 대학입시가 얼마 남지 않았다는 생각에 불안하기도 했고, 이 지긋지긋한 생활이 곧 끝난다는 생각에 기쁘기도 했다. 가고 싶은 대학이나 목표학과를 정해야 할 시점이었다.

나의 목표는 사관학교였다. 장래희망이 군인도 아니었고, 통제 받는 삶을 좋아하지도 않는 내가 사관학교에 가고자 했던 이유는 엉뚱하다면 엉뚱했다. 첫째는 사관학교의 제복이 멋있어 보였기 때문이다. 둘째는 내가 부모님께 의지하지 않고 독립하되 중학교 때의 방탕한 생활을 반복하지 않을 수 있는 방법이라는 판단이었다. 또 등록금과 생활비, 각종 학용품 값이 전혀 들지 않는다는 점도 마음에 들었다. 그래서 나는 사관학교에 진학하겠다 목표를 세웠다.

수능과 유사한 형식으로 출제되는 사관학교 필기시험에 합격하기 위해서는 기본적으로 수능 공부가 바탕이 되어야 했다. 수능 기본기가 바탕이 되지 않으면 사관학교 시험 스타일에는 절대 적응할 수 없었기 때문에 나는 겨울방학 동안 내신보다는 모의고사 준비에 힘썼다. 유명 강사들의 인강을 찾아듣고 기출 문제집을 수도 없이 풀었다. 부족했던 수학을 보완하기 위해 중학 수학 개념부터 다시 공부했고 순차적으로 고등 수학 기본개념을 꼼꼼히 정리했다. 기출 문제집을 몇 번씩 반복해서 풀었고 문제만 봐도 답을 알 수 있을 정도로 풀었다.

고3이 됨과 동시에 대학 입시가 코앞으로 다가왔다. 7월 사관학교 시험을 한 달 남겨두고 있었다. 휴대폰에 표시된 D-30과 매일 줄어드는 숫자가 큰 압박으로 다가왔다. 나는 사관학교 시험에 안정적으로 합격하기는 힘든 점수였기 때문에 남은 시간 동안 쥐어 짜내는 수밖에 없었다. 두통약에 의존해 남아있는 힘까지 쏟아냈다. 사관학교 시험 기출문제를 미친 듯이 풀어 지금까지 출제된 모든 문제들이 머릿속에 기억될 정도였다. 생활 패턴도 철저하게 사관학교 시험 시간에 맞춰 공부했다.

사관학교 시험 날, 부모님은 나에게 떨리는 모습을 감추기 위해 태연한 척하셨지만 두 분도 긴장하고 계신다는 게 공기로 전해왔다. 도시락과 필기도구를 챙기고 집을 나서면서 긴장감을 떨쳐 버리려 크게 숨을 쉬기도 했고 간단한 스트레칭을 하기도 했다. 심장이 쪼그라드는 듯한 긴장이었다. 연습한 대로만 하겠다는 마음가짐으로 시험장에 들어갔다.

남들보다 빠른 속도로 문제를 풀어 나갔다. 연습한 것보다 훨씬 긴장되고 떨렸지만 내 페이스대로 문제를 풀었다. 다음으로 시작된 영어시험은 내가 가장 두려워하던 과목이었다. 사관학교 영어시험은 수능보다 어려운 고난이도 문제와 촉박한 시간으로 악명이 높다. 따라서 나도 영어시험 준비에 가장 많은 시간을 할애했었다. 시험 종료가 얼마 남지 않은 촉박한 순간, 나는 풀지 못한 몇 문제를 심오한 고민 끝에 찍고 제출했다. 그런데 다섯 문제를 찍었는데 네 문제를 맞힌 거였다. '기적은 없다. 기적이란 내가 지금까지 해온 노력의 결과일 뿐이다'라는 말이 있다. 나의 기적 같은 행운은 시험장 밖의 뜨거운 햇볕 아래 기도하고 계셨던 부모님과 지금까지 열심히 달려온 나의 노력의 결과였으리라.

마지막으로 수학 시험을 마치고 나왔다. 부모님은 눈물 섞인 목소리로 수고했다며 나를 안아 주셨다. 인생의 관문과도 같은 큰 시험을 끝낸 뒤, 늘 나를 응원하고 지지해주는 부모님의 얼굴을 바라보는 벅찬 감정은 겪어본 사람은 다 안다.

간신히 합격 컷을 넘길 것이라 예상했지만 막상 가채점을 해보니 합격 컷을 훌쩍 넘는 점수가 나왔다. 나는 합격을 장담하고, 2차 체력시험과 면접 대비에 집중했다. 1차 시험 성적은 육, 공, 해, 간호를 모두 합쳐 상위 10% 안에 들 정도로 높은 성적이었기 때문에 결과는 확인할 필요도 없었다. 그렇게 나는 눈앞으로 다가온 사관학교 입학에 기뻐했다.

'조건부'
합격입니다

1차 시험에 합격하고, 2차 시험을 보기 위해 진해 해군사관학교로 갔다. 해군기지 내에서 이루어진 2박 3일간의 시험 동안 하루도 편히 자지 못했다. 새벽에 밝아오는 하늘을 보고서야 잠깐 잠이 들었고, 떨리는 마음에 피곤해도 잠이 오지 않았다.

그렇게 모든 시험이 끝나고 KTX를 타고 서울로 돌아오면서 나는 망쳤던 면접 기억 때문에 마음이 심란했다. 너무 긴장한 탓에 말도 더듬고, 준비한 말도 꺼내지 못한 것이 너무 아쉬웠다. 그러나 시험은 이미 끝났고 돌이킬 수 없었다.

2학기가 시작되면서 일반대학 원서작성으로 다시 바쁜 하루를 보냈다. 대학 원서를 작성하며 내가 지금까지 이룬 성과에 대해 다시 한 번 보람을 느꼈다. 1학년 때는 쳐다보지도 못했던 인서울 4년제 대학에 원서를 접수하고, 그 중에서도 나름 우리나라에서 손꼽히는 명문대에 지원할 수 있었기 때문이다. 지금까지 힘들었던 노력에 대해 보상받는 느낌이었다.

기다리던 사관학교 최종 합격자 발표 날, 나는 불합격했을 때의 망신과 부끄러움이 두려워 혼자 화장실에서 결과를 확인했다. 조회화면에는 '조건부 합격'이라는 문구가 떴다. 조건부 합격의 의미는 2차 시험에서 최종 합격된 우선선발 인원에서 제외되었지만 수능 점수를 통해 최종 합격자를 가리겠다는 것이었다.

청천벽력 같은 결과였다. 물론 수능점수라는 한 번의 기회가 남아있었고, 최종합격을 위한 수능성적이 그리 어렵지 않은 것이었지만 당연히 합격할 거라고 자만하고 있던 나에게는 큰 충격이었다. 1차 시험성적이 너무 높았기에 다들 그 정도 성적이면 합격할 거라 장담했고, 주위 모든 사람이 이미 합격한 거나 다름없다며 축하했던 터였다. 나는 면접을 조금 망치긴 했지만 떨어질 리 없다고 안일했던 것이다.

자존심이 상했다. 선 선발에서 탈락하고, 사관학교에 지원하지 않겠다고 다짐했다. 이때의 결정을 후회하지는 않지만 미성숙했다는 데는 동의한다. 불필요한 자존심과 고집 때문에 또 다른 기회를 날려버렸기 때문이다.

수시원서 접수가 끝나고 '6개나 넣었는데 그 중에 하나는 붙겠지'라는 자만심 가득한 마음에 정시 공부를 포기했다. 사실 더 이상 공부를 더 할 수 없을 정도로 몸과 마음이 지쳤기 때문이기도 하지만 안일한 마음에서 나오는 자만심이 더 컸다.

정시를 안보기로 결정하고 나니 더 이상 학교에서 공부할 필요가 없었다. 그래서 주말 알바를 구해 토요일과 일요일, 하루 12시간 동안 일을 하고 돈을 벌었다.

수시 합격자 발표 날이 다가오고, 지원한 6개의 대학 중 하나는 붙을 것이라는 오만에 또 다시 취해 있었다. 그러나 차례차례 공개하는 합격자 발표에 내 이름과 수험번호는 적혀 있지 않았다.

마지막 남은 2개 대학의 합격자 발표 날짜는 같은 날, 같은 시간이었다. 그 날 내 이름이 여전히 적혀 있지 않다면 나의 대학입시는 실패한 것이었다. 혹시나 두 학교 모두 떨어지면 어쩌나 하는 생각에 잠도 오지 않았다. 불안감에 밥도 잘 넘어가지 않았다. '정시 공부라도 좀 해 놓을 걸' 하는 생각이 수도 없이 들었다. 그러나 이미 끝나버린 수능은 되돌릴 수 없었다.

합격자 발표 날, 다행히 남은 두 대학 모두 합격했다. 그 때부터 내가 뼈저리게 반성하는 점은 나의 자만심이다. 항상 부모님께서 겸손해야 한다고 말씀해 주셨지만 나는 직접 겪어보지 않으면 모르는 바보였다.

마지막까지 자만하지 않고, 불필요한 자존심 내세우지 않고, 정시까지 차분하게 내가 갈 길을 갔다면 어땠을까. 적어도 이렇게 불안감에 떨면서 지옥과 천국을 오가지는 않았을 것 같다. 조건부 합격, 그건 내 인생에 새겨야할 가르침이 되었다.

내 인생의
황금기

입시가 끝나고, 보상같이 찾아온 시기는 말 그대로 '황금기'였다. 누구도 내가 노는 것에 간섭하지 않았다. 마음껏 시간을 허비해도 떳떳했다.

확실히 달라진 건, 마음 편히 잘 수 있는 잠이었다. 아침 6시가 되면 저절로 눈이 떠지기도 했지만 억지로 눈을 감고 잠을 청했다. 하루에 8시간이 넘게 침대에서 뒹굴뒹굴할 수 있다는 게 행복했다.

학창시절 내내 '잠은 인생의 낭비다', '남들이 잘 때 공부해야한다'는 강박관념에 눈을 감을 때마다 무엇에 쫓기는 듯한 기분과 죄책감에 시달렸는데 이젠 '뭐 어때, 다 끝났는데'라는 생각에 마음이 편해졌다.

 넘쳐나는 시간을 주체하지 못해 크게 흥미가 없었던 컴퓨터 게임을 하러 피시방에 가기도 했고, 그다지 보고 싶지 않은 영화를 보러 영화관에 가기도 했다. 말 그대로 할 일은 없고 시간은 넘쳐났기에, 시간을 때울 수 있는 것이라면 무엇이든 괜찮았다. 그렇게 시간을 허무하게 흘려보내면서도 행복했다.

 하지만 황금기도 잠시, 무료함과 지루함이 찾아왔다. 그래서 나는 해외여행을 계획했다. 9월부터 시작한 알바로 모아놓은 돈으로 대만을 갈 계획을 세웠고 마침 예산도 충분했다.

 2019년 12월, 친구와 함께 힐링과 위로의 여행을 떠났다. 중학생 때 유럽을 갔던 그때의 설렘만큼은 아니었지만 부모님이나 어른들 없이 스스로 계획하고 스스로 떠날 수 있다는 사실에 뿌듯했다. 실제로 열심히 계획한 덕에 다른 사람들보다 훨씬 적은 돈으로 여행할 수 있었다.
 대만에서 스펀, 지우펀 등의 관광지를 돌며 자유를 만끽했다. 대만은 지금까지 다녀온 여행지 중 손에 꼽을 정도로 아름다웠다. 대만의 풍경, 유명한 디저트 등은 눈과 입 모두를 즐겁게 했다.

　대만 여행에서 가장 인상 깊었던 것은 여행지에서 만난 사람들이었다. 숙소 주변의 바에서 한국인 대학생 두 명을 만났는데, 'Workaway'라는 인터넷 사이트를 통해 대만에서 아르바이트 형식의 일을 하며 그 돈으로 여행을 즐기고 있는 친구들이었다. 그들의 낭만적인 삶이 부러웠다. 하고 싶은 일을 하고 행복한 경험을 찾아 떠나는 청춘의 삶은 너무나 인상적이었다.

　"여행은 아쉬울 때 돌아가야 해요. 지금의 여행이 아쉬워야 다음 여행까지의 기간이 짧아지거든요."

　그들의 말에 나는 아쉬움이 항상 부정적인 것만은 아니라는 것을 깨달았다. 이 말에 담긴 의미처럼, 우리는 항상 후회하며 산다. 과거의 선택이 아쉬울 수도 있고 자신이 도전해 보지 못한 것들이 아쉬울 수도 있다. 그러나 아쉬움은 삶 속에서 다음 도전의 원동력이 된다. 또 다음에 다가올 선택에서 더 현명한 판단을 할 수 있도록 도와준다. '실패는 성공의 어머니'라는 말처럼 지금의 아쉬움과 후회는 앞으로의 삶에 더 나은 결과를 만들어내는 양분이 될 것이다.

김민식 PD는「내 모든 습관은 여행에서 만들어졌다」에서 '여행은 낯선 것을 익숙한 영역으로 편입해가며 나의 영역을 확장할 수 있는 기회'라고 했다. 여행은 일상에서 경험할 수 없는 새로운 경험을 얻기 위해 떠나는 몸의 독서가 아닐까. 사람은 '독서, 여행, 연애' 이 세 가지로 비로소 진정한 사람이 된다고 한다.

인생의 황금기를 앞두고 있는 수험생들이나, 이십대의 황금기를 보내고 있는 청춘들에게 주제넘게 한 가지만 제안한다면, 꼭 이 시기에 하고 싶었던 여행이나 운동 등을 잊지 않게 메모해 놓고 꼭 이루길 바란다. 특히, 꼭 한 번쯤은 부모님의 손을 떠나 자유롭게 여행을 떠나보는 것을 추천한다. 시간과 돈, 둘 다 충분한 시기는 인생에 언제 올지 모르니 그래도 도전할 수 있는 시간적 여유가 있는, 이 황금 같은 시기를 그냥 흘려보내지 말고 꼭 하고 싶었던 일들을 이루며 보냈으면 한다.

대학입학이 내 인생을 결정짓는 것처럼 나를 지배했던 시간들을 지나왔다. 대학 타이틀이 세상의 전부라고 생각했지만, 막상 대학에 입학하고 보니 그 타이틀을 얻기 위해 투자했던 자신의 시간과 노력들이 아까워지는 순간이 오기도 한다. 진부하고 식상한 말이지만 대학이 인생의 전부가 아니라는 사실을 깨닫고 스스로의 가치를 믿길 바란다.

스무살, 나는 인생의 터닝 포인트였던 고등학교 생활을 나름 성공적으로 마치고 돈으로도 절대 살 수 없는 수많은 경험과 교훈을 얻었다. 그리고 그렇게 나는 친구들과 함께 눈송이가 내리는 구로디지털단지 술집 거리에서 스무살의 첫 카운트다운을 했다.

5장

×

극과 극은
통한다

인생의 진짜 위너가
되고 싶다면

실제로 내 삶은 그렇게 대단하지도, 특별하지도 않다. 그러나 확실한 건 내 삶을 돌아보는 자서전을 써본 결과, 나만의 강렬한 터닝 포인트와 치열한 노력, 그리고 나를 변화시키기까지 많은 이들의 도움이 있었고, 수많은 시행착오들이 존재했다는 사실이다. 또한 피부로 직접 부딪히며 겪은 경험과 교훈들이 나의 태도나 가치관을 확립하는데 큰 영향을 끼쳤다.

중학생 시절의 꼴통 문제아에서 이십대가 된 지금까지, 6년의 시간 동안 나는 너무나 극명한 변화를 경험했다. 결국 내 삶의 값진 교훈들은 모두 내 인생의 극과 극, 그 사이 간극에서 비롯되었다.

만약, 이 책이 청소년기의 나와 같이 길을 찾지 못해 방황하고 있는 학생이나, 어디로 갈지 몰라 혼란스러운 이십대의 청춘들에게 닿는다면, 내가 삶으로 얻은 경험이 아주 조금이라도 도움이 되기를 바라는 마음으로 몇 가지 교훈을 공유하려 한다.

첫째, 변명하지 말자

　처음 공부를 시작했을 때, 나는 내 힘으로 내 삶을 바꾸겠다는 의지로 가득 차 있었다. 그러나 나는 중학 과정도 모르는 전교 꼴등이었다. 그런 나에게 명문대 진학이라는 목표는 하늘의 별과 같았다. 도저히 따라잡을 수 없을 것 같았던 그 간극을 좁힐 수 있었던 비결은 변명하지 않고 시작했기 때문이다.

　당시, 아무리 책상에 앉아 머리를 쥐어짜도 내 성적은 제자리걸음이었다. 그때 내 머릿속에는 포기를 위한 합리화와 창의적인 변명거리들이 미친 듯이 떠올랐다.

　"어차피 지금 시작해도 이 차이를 따라잡기는 불가능해."

　"그냥 자퇴하고 내 길을 찾는 것이 이 차이를 조금이라도 빨리 좁힐 수 있는 길이야."

당장 포기해도 이상할 것 없는 핑곗거리가 수도 없이 맴돌았다. 만약, 그때 내가 그 변명을 받아들이고 인정했다면 지금의 나는 없으리라 확신한다. 내가 나름의 성공을 거둔 이유는 수많은 변명의 유혹을 이겨내고 포기하지 않았기 때문이다. 물론 새로운 것에 도전하고 끝이 보이지 않는 터널에서 달려야 할 때, 막막한 마음에 포기를 합리화할 수 있는 변명거리를 찾는 것은 당연하다. 실제로 그 합리화의 근거는 생각보다 설득력 있고, 창의적일 때가 많다. 그리고 당연히 더 편한 길, 더 빠른 길처럼 보인다.

나는 고등학교 때 주변에서 포기하고 멈춰버린 친구들을 수없이 봤다. 처음에는 누구나 부푼 마음으로 무엇이든 해낼 수 있다는 생각으로 도전한다. 하지만 눈에 보이지 않는 목표들과 끝이 보이지 않는 싸움에 지쳐 중도에 포기했다.

일반적으로 인문계 고등학생들의 가장 큰 목표가 명문대 진학이라고 할 때, 중도에 포기한 친구들 중 대부분은 자신의 선택에 후회했다. 결국 대학입시라는 같은 목표를 향해 가는 여정에서 지름길을 찾았던 친구들은 여지없이 후회를 반복했다. 반면, 더디더라도 자신의 속도에 맞춰 인내와 끈기로 우직하게 정도를 걸었던 친구들은 모두 만족할 만한 성과를 거뒀다. 집안 때문에, 성적 때문에, 학교생활 때문에 등 실제로 존재하지도 않는 변명과 핑곗거리는 자기 합리화와 매너리즘에 빠지게 하는 지름길이다.

일단 시작해야 한다. 물론 남들보다 늦을 수도 있고, 부족할 수도 있다. 하지만 지름길은 없다. 인내와 끈기를 가지고 계속 앞으로 나아간다면 언젠가는 자신의 목표가 눈앞에 보일 날이 오리라 장담한다. 전교에서 낙인찍힌 문제아에 기초도 없고, 머리도 나쁜 나 같은 학생도 대학진학이라는 목표를 이룰 수 있었다. 그렇다면 누구든지 변명하지 않고 끊임없이 노력한다면 언젠가는 자신의 목표를 반드시 이룰 수 있다.

둘째, 걱정은 던져버리고 도전하자

사람들은 무엇인가 처음 도전할 때, 목표를 너무 높게 보고 지레 포기하거나, 시도조차 안할 때가 많다. 그러나 막상 해보면 그 목표라는 것이 생각보다 별 것 아닐 때도 많다. 자신이 불가능하다고 여겼던 걱정이나 고민들은 실제로는 일어나지도 않을 쓸데없는 것들이었다는 것을 알 수 있다.

내 경험에 빗대어 보면, 나는 평일에는 기숙사에서 생활하고 주말에는 학원에서 생활했기 때문에 친구들을 만날 시간이 거의 없었다. 나는 중학교 때 친구들이 나를 완전히 잊어버리는 것이 아닌가 매일 걱정했다. 또한, 나의 고민을 들어줄 친구 한 명 없이 외롭게 고등학교 3년을 보내야 하는 것이 죽기보다 싫었다. 그러나 나의 이러한 걱정은 일어나지도 않을 쓸데없는 걱정이었다. 내가 좋은 친구들을 두었기 때문이기도 하지만 친구들은 기숙사와 학원을 오가는 짬짬이, 그것도 몇 주마다 한 번씩 짧게 만났음에도 불구하고 여전히 나를 볼 때마다 반겨주었고, 우정은 변함이 없었다. 우리가 하는 걱정의 90%는 일어나지 않는다는 말처럼, 나의 걱정도 쓸데없는 거였다. 이러한 걱정이 사라진 후, 나는 학업에 더욱 집중할 수 있게 되었다. 막상 도전하고 부딪혀 보니 내가 생각했던 고민이나 걱정은 모두 거의 의미 없는 것이었다.

걱정을 떨쳐버리고 일단 시작하자. 우리가 도전의 출발선 앞에 서있을 때, 머릿속에 떠오르는 걱정의 대부분은 일어나지도 않을 쓸데없는 걱정에 불과하다. 두려워하지 말고 도전해야 한다. 막상 도전하고 보면 자신이 얼마나 겁쟁이였는지 단번에 알 수 있다.

'오르지 못할 나무는 쳐다보지도 마라'라는 속담이 있다. 나는 중2병 중환자 시절, 이 속담의 의미를 '포기하고 분수에 맞게 살아라'라는 의미로 받아들였다. 청소년들의 꿈과 희망을 짓밟는 사악하고 잔인한 속담이라 생각했다. 그러나 고등학교 시절, 내 은인 중 한 분인 학원선생님께서 수업시간에 해 주신 말씀을 듣고 그제야 진짜 뜻을 알 수 있었다.

선생님은 영어 지문에 등장한 내용을 보고, 평소에 좋아하는 문장이라며 직접 꼼꼼히 해석해 주셨다. 「평온을 구하는 기도」에 나오는 '주여, 우리가 바꿀 수 없는 것은 평온하게 받아들일 수 있는 정심을 주시고, 바꿀 수 있는 것은 바꿀 수 있는 용기를 주시고. 이 둘을 분별할 수 있는 지혜를 주십시오.'였다. '오르지 못할 나무는 쳐다보지도 마라'라는 속담은 바로 그런 의미를 담고 있었던 것이다.

나의 가치관을 만들어준 소중한 문장이 되었다. 나에게 바꿀 수 없는 것은 이미 지나가 버린 나의 과거였고, 바꿀 수 있는 것은 앞으로의 내 인생이었다. 이미 지나쳐버린 중학교 시절은 아무리 후회해도 되돌릴 수 없고 아무리 노력해도 바꿀 수 없지만, 앞으로의 내 삶과 나의 가치는 내 힘으로 바꿀 수 있는 것이었다.

이후로 나의 중학교 생활에 대한 자책감과 후회를 멈출 수 있었다. '그때 조금이라도 해볼 걸', '그때 조금만 노력할 걸'이란 생각은 '그래도 그때 그 시절을 보냈기 때문에 지금의 내가 있는 거야', '그때의 경험이 없었으면 지금의 나는 없어'로 바뀌었다. 결국 나는 내 앞에 펼쳐진 앞으로의 삶에 집중했고 목표를 이뤄냈다. 바꿀 수 없는 것과 바꿀 수 있는 것을 명확하게 구분하고, 바꿀 수 있는 것에 도전하는 용기가 자신의 목표를 이루는데 탄탄한 발판이 되어줄 것이다.

넷째, 적당한 오기는 필요하다

'악'과 '깡'은 우리에게 해가 될 수도, 득이 될 수도 있다. 하지만 목표를 이루기 위해서는 어느 정도의 '오기'는 필요하다고 생각한다. 만약 내게 오기가 없었다면 나는 지금의 성과를 얻지 못했을 것이다.

목표를 향해 뛰고 있을 때, 분명 한 번쯤은 몸과 마음이 지쳐 도저히 한 발자국도 내디딜 수 없을 것 같은 순간이 온다.

그런 때면 이미 체력은 고갈되고, 정신력도 거의 바닥난 상태일 것이다. 이때 나를 한 발자국 더 내딛게 하는 것이 '오기'이다. 체력과 정신력까지 바닥난 상태에서는 마음속에서 끌어올린 어떤 분노와 울분이 뒤섞인 오기로 발을 떼야 한다.

나는 '지금 포기하면 모든 노력이 수포로 돌아간다'는 오기로 이를 악물었다. 몇 번이고 책과 펜을 집어 던졌지만, 다시 그 책과 펜을 주워 책상에 앉았다. 졸음을 도저히 이길 수 없을 것 같아 조금만 눈을 붙일까 생각이 들 때는 '지금 자면 영원히 돌이킬 수 없어'라는 오기로 허벅지를 꼬집고 커피원두를 씹었다. 끊이지 않는 두통과 코피 때문에 약을 달고 살았지만 나를 참고 견디게 한 건 오기였다.

'딱 한 방울만 더 있으면 넘쳐흐를 텐데 사람들은 그 마지막 한 방울을 떨어뜨리지 못하고 포기한다.'는 말이 있다. 이 말은 어머니가 내가 힘들어 할 때마다 항상 해 주신 말씀이다. 나는 그 한 방울이 바로 '오기'라고 생각한다. 끈기와 인내, 체력과 정신력이 모두 바닥났을 때 마지막으로 한 번 더 일어나게 하는, 영혼까지 끌어 모은 힘 말이다. 포기하고 싶은 결정적 순간마다, 마음속 깊이 잠재되어 있는 나만의 오기를 꺼내야 한다.

원하는 목표가 있다면 그렇게까지 해야 한다. 이 교훈은 오기를 가져야 한다는 교훈과 같은 맥락에 놓여있다. 우리는 항상 목표는 높이 잡지만 그 목표를 이룰 만큼의 노력은 하지 않는다. 결과적으로 우리는 원했던 성과보다 낮은 수준의 성과를 얻게 된다.

고등학생 시절, 나는 대학이라는 목표를 설정하고 내 신체적, 정신적 건강을 모두 갈아 넣었다. 소화제와 두통약을 달고 살았고, 실제로 스트레스와 과로로 소화불량과 몸살이 겹쳐 화장실에서 토를 하다 쓰러져 응급실에 실려 간 적도 있었다.

"대학이 뭐라고 그렇게까지 해?"

"그렇게까지 할 필요 있어?"

주위에서는 아주 쉽게 말했다. 그러나 나는 내가 세운 목표를 달성하기 위해서 고삐를 늦출 순 없었다. 응급실에 실려 갈 때, 숨도 제대로 쉴 수 없었고 온 몸에 피가 통하지 않아 다리에 감각도 없는 상태였지만 그럼에도 불구하고 나는 다시 기숙사로 돌아왔다. 내가 이러한 경험을 말하는 이유는

목표를 이루기 위해서는

 "그렇게까지 해야 돼?"라는 질문에

 "그래! 그렇게까지 할 거야!"라는 마음가짐을 말하고 싶기 때문이다.

 그렇게까지 해야 한다. 그렇게까지 하지 않으면 내가 목표했던 성과는 얻을 수 없다.

여섯째, 모든 것을 나의 탓이라 생각해야 한다

 가혹한 조언일 수 있지만 모든 문제를 자신의 탓으로 돌리는 것이 스스로에게 큰 가르침이 될 수 있다. 남을 바꾸는 것보다 스스로 바뀌는 것이 쉽다. 그러므로 모든 것을 내 탓으로 돌리는 것이 마음도 편하다.

 나는 중학교 때의 나의 일탈을 내 잘못이 아닌 주위 친구들이나 환경 탓으로 돌리는, 경솔하고 주제넘은 생각을 한 적이 있다. 내 탓이 아니라는 생각에 자신에게 조금 더 관대해질 수 있었다. 그러나 남의 탓으로 돌린다고 해서 달라지는 것은 아무것도 없었다. 결국 현재의 총구는 나를 향해 있었다. 그제야 나는 내 모든 선택은 내가 한 것이고 누구도 강요하지 않았다는 것을 깨닫게 되었다. 남 탓으로는 아무것도 바꿀 수 없었다. 모든 결과가 내 선택이고 그 책임도 모두 내가 진다는 생각을 가진 후부터, 나는 더욱 발전할 수 있었다.

모든 잘못을 남의 탓으로 돌리고 책임을 회피하면 개선하고 발전할 수 없다. 그저 다른 사람 탓이기 때문에 내가 통제할 수 없는 변수라고 생각하기 때문이다. 그렇게 남 탓이 지속되면 자신은 전혀 바뀌지 않는다. 무슨 일이든 자신의 잘못이 아니므로 내가 바뀔 필요가 없다고 생각하기 때문이다. 하지만 남 탓을 하다 보면 결국 아무것도 바뀌지 않았다는 생각에 좌절할 것이다.

나는 잘했다 생각했지만 결과는 바뀌지 않고 그 결과는 다시 순환해 같은 문제를 만든다. 그 악순환을 끊어 내려면 모든 것을 자신의 탓으로 돌려야 한다. 내가 바뀌면 상황은 자연스럽게 변화한다.

일곱째, 성찰과 개선은 필수다

성찰과 개선은 자신의 발전에 필수적인 요소들이다. 앞서 셋째 교훈에서 과거에 집착하지 않고, 바꿀 수 있는 미래를 변화시키기 위해 노력하라고 한 바 있다. 과거를 바꿀 수는 없지만, 그 과거의 나를 반성하고 개선하는 것은 미래에 집중하는 것만큼 중요하다. 스스로를 성찰하고 반성하지 않은 채 앞만 보고 나아가다 보면, 언젠가는 과거의 실수로 인해 발목 잡히게 된다. 시행착오를 두려워하지 않고 앞으로 나아가는 것과 동시에, 스스로를 냉정하게 객관화하고 문제점을 찾아 이를 개선하며 더 효과적인 방법을 찾는 과정이 필요하다.

공부가 상승세를 탈 즈음, 변하지 않는 국어 성적으로 크게 고생한 적이 있다. 이유는 성찰과 개선 없이 지금까지 내가 하던 방식만을 고집했기 때문이었다. 내가 무조건 암기만을 고집했을 때, 4등급이라는 성적에서 벗어날 수 없었다. 하지만, 내가 성찰의 시간을 가지고 무조건 암기 방식에서 수업 내용과 교과서 내용을 이해하는 것에 중점을 두는 방식으로 개선했을 때, 국어 성적은 단숨에 100점으로 올랐다. 비약적인 성장은 성찰과 개선에서 비롯되었다. 물론 성찰과 개선에도 불구하고 결과가 좋지 않을 수도 있다. 그러나 이에 굴하지 않고 끊임없이 성찰하고 개선해야 한다.

항상 같은 방법만 고집하고 변화를 두려워하는 고지식한

태도는 자신을 항상 제자리에 머물게 할 뿐이다. 이 자서전 역시 성찰과 개선을 위한 과정이다. 나는 이 자서전을 통해 지금까지의 내 삶을 성찰하고 아쉬웠던 부분, 부족한 부분 등을 개선해 나감으로써 앞으로의 삶을 성공적으로 이끌어 갈 수 있으리라 장담한다.

마지막으로, 스스로 환경을 변화시켜야 한다

'자리가 사람을 만든다.'라는 말이 있다. 실제로 사람들은 주변의 환경이 달라지고 자신에게 어떠한 책임이 부여될 때 변화한다. 내가 고등학교를 늘 하던 대로 집 주변의 학교로 진학했다면 과연 지금의 성과를 얻을 수 있었을까? 나는 새로운 환경, 새로운 사람들을 직접 보고 느꼈기 때문에 변화할 수 있었다. 그러므로 자신을 바꾸고 싶거나 어떤 새로운 목표에 도전하고 싶다면 자신이 처한 환경을 스스로 바꿔야 한다. 같은 환경, 같은 조건은 스스로에게 편안함을 제공해 의지를 저하시키기 쉽다.

만약, 형편이나 조건이 맞지 않아 자신이 처한 환경을 완전히 바꿀 수 없다면, 자신의 생활 패턴을 변화시키면 된다. 일상 속에서 자신만의 규칙적인 생활패턴을 만들고 패턴 속의

시간을 활용한다면 충분히 환경을 변화시킨 것만큼의 효과
를 얻을 수 있다.

　지금까지의 내 조언들은 고등학생들의 수능공부에만 해당
되는 말이 아니다. 목표를 향해 나아가는 사람이라면 그 누
구에게나 적용되는 조언이라 생각한다.
　지금 자신이 진심으로 열정을 쏟을 수 있는 일을 찾았다면
이 교훈들을 한 번쯤은 되돌아 봐주길 바란다.

6장

×

스무살이 느낀
한국의 교육

죽이는 스승,
살리는 스승

　아직 성숙하지 못한 스물의 눈으로 본 세상은 부당함도 있었고 아름다움도 있었다. 나는 내 삶의 간극으로부터 값진 교훈들을 얻었지만 아직도 세상에는 이해되지 않는 일들로 가득하다.

　먼저, 지금까지 내가 경험한 세상은 불평등했다. 학교라는 사회는 학생들을 딱 두 부류로만 나누었다. 공부를 잘하는 모범생과 말썽만 일으키는 문제아. 물론 개인의 노력에 따른 보상은 당연하다고 생각한다. 그러나 두 부류 모두에 속해봤던 나로서는, 그저 성적이라는 '숫자'를 기준으로 학생을 나눈 것에 불과했다. 한번 문제아로 낙인찍힌 학생들은 학교에서 더 이상 가르치려 들지 않았고, 교사들은 학생들을 빠르게 포기했다.

내가 문제아였던 중학교 시절, 몇몇 선생님들은 이렇게 말씀하셨다.

"너는 애초에 질이 나빠."

"너 따위가 그런 목표를 이룰 수 있다고 생각하니?"

내가 자신의 반에 배정되었다며 학생들 앞에서 이렇게 말씀하시기도 했다.

"쟤는 왜 이 반에 왔는지 이해가 안가. 짜증난다."

설마 그랬을까 싶지만, 이 말들은 실제로 내가 들었던 말들을 한 치의 과장 없이 그대로 옮긴 것이다.

'네가 그렇게 쓰레기처럼 살았으니까, 그렇게 말할 수밖에 없었겠지'라고 생각할 수도 있다. 하지만 겨우 중학생이었다. 모든 학생들은 자신만의 가능성과 잠재력을 가지고 있다고 말한다. 그렇다면 교사는 성적이 높은 학생들을 끌어올리는 지도자가 아니라 학생들이 자신의 적성과 흥미를 찾을 수 있도록 뒤에서 밀어주는 존재가 아닐까.

그렇기 때문에 선생님 혹은 멘토는 학생들에게 너무나 중요하다. 지금의 나를 만든 사람 역시 나의 선생님이었고, 멘토였다. 만약 그분들을 만나지 못했다면 지금의 나는 절대 없었을 것이라 몇 번이고 장담했다.

요컨대 스승은 한 학생을 성공하게 만들 수도 있고, 끝도 없이 망칠 수도 있다. 적어도 "너 따위가 그런 목표를 이룰 수 있다고 생각하니?"같은 존재 자체를 부정하게 만드는 말이, 교사의 입에서 나오지 않아야 하는 건 분명하다. 그런 말을 반복적으로 들은 학생들은 자연스럽게 일탈과 반항의 길로 빠져든다. 누구도 자신의 말을 들어주지 않고 문제아로 낙인찍어 학생들의 미래를 스스로 단념하게 만드는 것이다. "난 어차피 모두가 포기한 문제아잖아. 이제 와서 할 수 있는 게 뭐가 있겠어." 꿈과 희망을 잃어버렸고 더욱 심한 일탈과 반항에서 헤어 나올 수 없었다.

중학생, 고작 15살은 겨우 세상에서 십여 년을 살았을 뿐이다. 그런 학생들에게 꿈과 희망을 단념하게 하는 교사들이 과연 한국의 미래와 교육의 발전에 도움이 되기는 할지 의문이다.

상식적인 학교를
위해

　고3 때, 학교가 발칵 뒤집힐 정도의 사건이 일어났다. 바로 수학 시험문제의 대부분이 잘못 출제되어 성적을 매길 수 없게 된 것이다. 5개의 선지 중 답이 없는 초유의 사태가 일어났다. '그게 뭐 별일인가?'라고 생각할 수 있지만, 내신을 준비하는 수험생들에게 시험문제가 잘못 출제되었다는 것은 상상도 할 수 없는 일이었다. 가끔씩 시험 종료 후에 복수정답이 인정되는 경우가 있기는 했지만, 5개의 선지 중 아예 답이 없는 경우는 없었다.

　학생들은 학교에 강력하게 항의했다. 잘못된 시험문제 출제로 전교 1, 2등을 다투던 학생이 멘탈이 흔들려 다음 시험까지 모두 망쳐버린 사태까지 벌어졌기 때문이다.

"배운 내용 복습해라."

"꼼꼼하게 체크해라."

교사들이 학생들에게 귀에 못이 박이도록 하는 말이다. 만약, 단 한 명의 교사라도 이 말처럼 꼼꼼하게 검토했다면 이런 말도 안 되는 상황이 일어날 수 있었을까. 이율배반적이게도 교사들이 학생들을 상대로 허술함과 건성의 극치를 보여주었다는 것이 믿기지 않았다.

교장 선생님이 직접 사과를 하고 재시험을 보는 것으로 일단락되었다. 하지만 진정한 하이라이트는 이때부터 시작되었다. 재시험에는 약 5개 정도의 문제가 출제되었다. 시험이 시작되고, 다시 찾아온 기회를 잡으려는 학생들과 이전 성적을 만회하려는 학생들이 눈에 불을 켜고 문제를 풀기 시작했다. 그러나 이번에도 학생들은 제대로 문제를 풀 수 없었다. 또 문제가 잘못 출제되었기 때문이다.

다시 벌어진 어이없는 상황에 학생들은 분노했다. 학교에서는 사태해결에만 급급했지 학생들에 대한 직접적인 사과는 없었다. 교사들의 비상식적인 횡포였다. 나는 친구와 함께 정식으로 학교에 항의하기로 마음먹었다. 정의의 사도나 불의를 참지 못하는 용감한 투사여서가 아니라, 단지 상식적이고 합리적인 학교를 원하는 학생일 뿐이었다.

두렵지 않았다면 거짓말이다. 수시 입시를 준비하는 학생이었기 때문에 교사를 상대로 항의나 저항을 하는 것은 위험했다. 대학의 당락을 결정지을 생활기록부의 한 문장 한 문장이 중요한 때에 생활기록부를 작성하는 교사의 보복이 무서울 수밖에 없었다. 하지만 불의를 참고 있는 것은 더 힘들었다.

학생들을 상대로 설문조사를 실시하고, 학교의 문제점을 알림과 동시에 동참을 이끌어낼 목적으로 SNS에 글을 게시했다. 학생들의 '좋아요'를 받으며 많은 공감을 얻었다. 게시물에는 우리의 용감한 행동을 지지한다는 댓글이 달렸고 결국 우리는 학교에 정식으로 사과를 받아냈다.

분명한 것은, 삶에 어떤 문제가 발생했을 때, 침묵하거나 회피하지 않고 문제의식을 가져야 한다는 것이다. 그리고 함께 걷는 작은 한 걸음들이 모여 이후에는 수많은 발자국들과 함께 길을 만들 수 있다는 값진 교훈을 얻었다.

가리어진 길

  사회의 빈부격차가 학생과 학교 안에서도 적용되었다. 내가 중학교 시절을 보낸 동네는 상대적으로 경제력이 부족하거나 가정에 불화가 깊은 친구들이 많았다. 가난과 가정불화, 부모님의 이혼 또는 관심부재로 인한 아이들의 일탈과 반항, 이러한 하나의 정형화된 프로세스는 나와 같이 일탈을 즐긴 친구들 대부분에게 적용되었다. 이들은 가정과 학교로부터 외면받았고, 항상 냉담하고 차가운 시선 속에서 자라야 했다.

  단지 공부를 하지 않는다는 이유, 일탈을 일삼는다는 이유로 항상 부정적으로만 바라본 사람들에게 질문하고 싶다. 만약 당신의 가정환경이 이렇다면, 당신은 이들처럼 되지 않을 자신이 있는가.

학교는 철저하게 그들을 구분하고, 다른 길로 안내하고 있었다. 내가 다닌 중학교는 서울 내에서도 교육열이 낮은 지역에 속했다. 어떠한 일관된 법칙이 적용된 것처럼 소득도 낮았다. 반면 학구열이 높은, 소위 공부 좀 한다는 이들이 모이는 '자사고'에 내가 들어갔을 땐 마치 딴 세상을 경험하는 것 같았다.

우리 동네 중학교 선생님들은 대학진학이 큰 의미가 없다며 '선취업 후진학'이 강점인 특성화고 진학을 몇 번이고 강조하며 추천하셨다. 자사고나 특목고에 대해서는 아예 언급조차 안하셨다. 그런데 고등학교에 가서 만난 친구들의 중학교 선생님들은 특목고나 자사고, 명문 고등학교로의 진학을 권유했고 학교의 그런 성과를 자랑했다.

도대체 무엇이 다르기에 선생님들은 정반대의 길을 추천하셨을까? 이 간극은 내게 매우 크게 느껴졌다. 사회의 불평등과 낙인이 학생들의 미래에 상상할 수 없을 정도로 영향을 끼친다는 것을 직접적으로 보여주었다.

단순히 어떤 삶이 더 우월하고, 열등하다는 의미가 아니라 '기회'의 불평등이 한 사람의 평생의 태도나 가치관을 좌우하게 되는 것을 지적하는 것이다.

내가 지금까지 살아온 삶에 만족하고 자부심을 느끼는 이유는, 사회가 기대하는 좋은 대학에 진학했기 때문이 아니다. 나는 내가 세운 목표를 성공적으로 달성했다는 것에 자부심을 느낀다. 그 목표는 대학 진학일 수도, 음악일 수도, 다른 어떤 것일 수도 있다. 사람들마다 자신만의 개성과 재능에 따라 각기 다른 목표가 있듯이 나에게는 그것이 대학진학이었을 뿐이다.

따라서 내가 경험한 간극은 학생들을 대학에 진학시킨 쪽과 그렇지 않은 쪽으로 나뉘지 않는다. 학생들에게 각자의 목표를 정하게 하고, 치열한 노력을 거쳐 결국 달성하게 하는 '성취감', 혹은 '성공경험'을 가르친 쪽과 가르치지 않은 쪽으로 나뉜다.

성취감을 경험한 학생들은 항상 할 수 있다는 자신감을 가지고, 자신이 하고자 하는 모든 일에 도전한다. 그러나 성취감을 경험해 보지 못한 학생들은 도전을 기피하고, 단념한다. 목표가 대학 진학이든, 작곡이든, 그림이든, 체육이든 학생들은 학창시절 성취감 경험 여부에 따라 삶의 태도를 내면화한다. 그것이 핵심이다.

현실교육을
재판합니다

#1

"공부하는 거 어때?"

"너무 싫죠... 근데 어쩔 수 없잖아요..."

"왜? 공부 말고도 다른 길이 있을 수도 있잖아."

"그럼 뭐해요, 우리나라에서 좋은 대학 못가면 평생 낙오자로 사는 건데."

입시 학원에서 조교 겸 강사로 학생들을 가르칠 때 나눈 대화이다. 수능을 망치면 '낙오자'가 된다는 잔인한 말은 이제 갓 중학교에 입학한 14살의 입에서 나왔다. 수능성적이 곧 사람의 가치를 나타내는 지표라는 이 사회의 끔찍한 고정관념이 중1에까지 각인된 것이다.

#2

"선생님, 제가 외국학교를 찍은 다큐를 봤는데 너무 신기한 게 있어요."

"뭔데?"

"아니, 선생님이 질문을 하는데 학생들이 웃으면서 대답을 하는 거예요. 먼저 손을 들면서."

"그게 왜 신기해?"

"저는 선생님이 질문했을 때 틀리면 혼날까봐 청심환을 먹고 싶어요. 어떻게 선생님이 질문하는데 웃으면서 대답하지?"

"……"

"그래서 나는 선생님이 좋아요. 선생님은 저희 안 혼내시잖아요!"

망치로 머리를 세게 얻어맞은 듯했다. 이 아이는 교사를 '스승'이 아니라 군대의 강압적인 '교관'으로 보고 있었다. 이전까지는 별 생각 없이 학생들을 가르치고 있었는데, 아이들의 진솔한 이야기를 들으면서 지금 내가 하고 있는 행동이 너무나 부끄러워졌다. 다시 책을 펴고 진도를 나가야 했지만, 말문이 막혔다.

어린 학생들이 사회가 만들어놓은 잔인한 틀 안에서 고통받고 있는 것 같아 마음이 아팠다. 학생들이 학원에서 하루에 6시간 동안 앉아 문제집만 들여다보고, 밥 먹을 시간도 없어 편의점에서 라면으로 끼니를 대충 때우고 달려오는 모습을 보는 것이 고통스러웠다. 적어도 내가 가르치는 시간에는 자유롭게 수업시간에 과자를 먹거나 물을 마시고 화장실을 가는 것을 허락했다. 조금 졸리고 힘들어 보이면 학생들과 수다를 떨면서 시간을 때웠고 숙제도 내주지 않았다. 나를 근무 태만에 불성실한 알바생이라 욕해도 받아들이겠다. 나는 그저 조금이라도 아이들이 편히 숨 쉴 수 있는 시간, 조금이라도 재미있는 시간을 만들어주고 싶었다.

\#3

"선생님, 저는 다음 생에는 하루살이로 태어날래요."

"왜? 갑자기 무슨 하루살이야?"

"하루살이로 태어나면 이렇게 힘든 거 안 하고, 걱정 없이 놀다 갈 수 있잖아요."

　한국 교육이 얼마나 참혹한지, 학생들이 얼마나 잔인한 고문을 받고 있는지, 이 대화에 고스란히 녹아있다고 생각한다. 부디 어른으로서, 아이들을 위해서, 한국의 교육에 대해 한 번쯤은 생각해주셨으면 한다. 과연 이 교육으로 아이들이 행복한 세상, 행복해지는 법을 아는 세상을 만들 수 있을까.

#4

　한국의 학생들은 대학 입시에서 자아를 잃는다. 독서와 토론은 단순히 수시 입시를 위한 생활기록부를 채우는 수단으로 전락하고, 내용은 물론 주인공의 이름도 기억나지 않는 책이 생활기록부에 기재된다. 그렇게 학생들은 고등학교 3년 동안 치열하게 스스로를 자책하며 '대학수학능력시험'이라는 국내 최대 시험에 응시한다. 모든 학생들은 1등급, 2등급, 3등급……으로 등급이 매겨진다.

　고등학교 시절 미친 듯이 외우고 풀었던 모든 문제들은 수능이 끝나고 단 몇 개월, 아니 몇 주 만에 머릿속에서 깔끔히

지워졌다. 그렇다면 도대체 나는 무엇을 공부한 것인가? 머릿속에 채 한 달도 남아있지 않을 쓸모없는 내용을 12년간 배운 것인가? 아직도 나는 한국 교육의 의도를 파악하지 못하겠다.

"그럼 너는 그런 쓸모없는 공부를 뭐 하러 그렇게 열심히 했고, 왜 명문대에 가려했어?"라는 의문이 들 거라 생각한다. 웃기게도 처음부터 그렇게 공부하는 것이 당연한 줄 알았다. 어떤 의심이나 의문도 갖지 않았다. 그리고 시간이 지나고 성적이 올라갈수록 입시공부의 본질이 '생각하지 않고 의심하지 않는' 것임을 깨닫게 되었다.

나는 한국 교육에 수동적으로 따라가고 싶지 않았다. 그저 '시키는 대로, 하라는 대로 했다'고 말하고 싶지 않았다. 언젠가 내가 이 불합리한 교육 시스템에 능동적으로 참여해 성과를 거두면, 내 말을 들어주는 사람들이 많아질 테고, 그 때 반드시 이 교육의 불합리함과 문제점을 알리고 싶었다.

#5

"이번에는 열심히 공부해서 성적 올려야지."

학창시절, 시험기간이 다가오면 선생님들은 어김없이 이렇게 말씀하셨다. 알다시피 한국의 학교에서는 모두가 '1등급'일 수 없다. 공부를 잘 하는 학생이란, 단지 누구'보다' 잘하는 학생일 뿐이다. 그 말인즉, 전교생 전체가 열심히 공부하면 결과적으로는 같이 성적이 올라가니 절대 등수가 바뀌지 않는다는 뜻이다. 결국 선생님들은 또 다시 "이번에는 열심히 공부해서 성적 올려야지."라고 말씀하신다.

내가 성적을 올리려면 누군가는 성적이 낮아져야 하는데 말이다. 차라리 모두에게 공부를 때려 치우라고 하고, 몇몇 학생만 따로 불러 놓고 은밀히 공부하라 말하는 것이 더 합리적이지 않을까? 참 이해할 수 없는 순환이다. 한국 학생들은 대체 얼마나 열심히 해야 모두가 이 순환고리에서 벗어날 수 있을까.

내가 감명 깊게 본 대안은 김누리 교수가 '세상을 바꾸는 시간 15분' 강연에서 말한 교육혁명이다. 경쟁에서 연대로, '밀어넣는 교육'에서 '끌어내는 교육'으로의 변화는 한국 교육이 나아가야 할 방향임이 분명하다. 학생들은 단순히 사회라는 공장의 부품으로 양성되고 기능을 다하면 버려져야 할

소모품이 아니다. 그들은 모두 하나의 인격체이고 존중받아 마땅한 사람이다. 우리는 한국의 반(反)교육으로 인해 행복을 잃었던 학생들에게 행복을 가르치고, 각자의 능력을 세상에 펼칠 수 있도록 하루빨리 교육혁명을 시작해야 한다. 국립대학과 사립대학의 네트워크화를 통한 대학 서열화 폐지, 대학입시제도의 폐지는 한국 교육이 나아가야 할 가장 합리적이고 이상적인 방안이라는 데 동의한다.

7장

×

스물의
눈높이

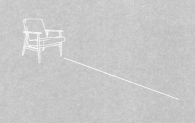

잘하지 않아도
괜찮다

"나는 농구가 하고 싶은데 다들 반대하네."
"넌 키도 작고 농구도 잘 못하잖아. 그냥 하지 마."

　어느 식당에서 밥을 먹다가 의도치 않게 옆 테이블에 앉은 남자 아이들의 고민상담을 엿듣게 되었다. 나는 당연히 그 아이가 수긍하고 포기할 것이라 생각했다. 그러나 예상과 달리 그 아이는 격앙된 목소리로 대답했다.

"꼭 잘해야 할 수 있는 거야? 잘해야만 할 수 있어?"

　맞는 말이었다. 기껏해야 초등학교 5학년쯤 돼 보이는 아

7장. 스물의 눈높이

이들이었다. 미래는 누구도 예측할 수 없고, 그 아이가 제2의 마이클 조던이 될지는 아무도 모르는 일이다. 잘하지 않아도 괜찮다. 남들보다 못하면 어떻고, 조금 늦으면 또 어떤가. 자신이 좋아하는 일이라면 충분히 도전할 가치가 있다. 도전하지 않으면 아무 일도 일어나지 않는다.

'밑져야 본전'이다. 사랑하는 사람에게 고백을 할 경우, 결과는 성공하거나 실패하거나 확률은 50%이다. 하지만, 부끄러워 고백하지 않으면 확률은 0%이다. 그렇다면 도전은 늘 하지 않는 것보다 훨씬 높은 가능성이 생기는 일이다.

스물은 아직 인생의 가치관이 모호한 나이이다. 지금까지 많이 보고 느끼며 성장했다고 생각하지만 아직도 정말 내가 하고 싶은 일이 무엇인지, 내가 좋아하는 것이 무엇인지 찾아가는 중이다. 학교 다닐 때 자신이 좋아하는 것에 미쳐서 "커서 뭐가 되려고 그러니"라는 소리를 들었던 친구들이 부러울 따름이다.

무언가에 미칠 수 있다는 것은 행운이다. 학창시절에 자신이 미칠 수 있는 일을 찾는 것, 그것이 대학 졸업장 같은 종이 서류보다 더 가치 있지 않을까.

그냥 훌륭한 사람

지금 나의 가장 큰 고민은 '내 꿈은 무엇인가?'이다. 지금까지 대학 합격을 위해 생활기록부에 수도 없이 적었던 장래희망이지만, 아직도 명확한 답도 없고, 고민이 끝날 실마리도 보이지 않는다. 과연 꿈이 있기는 했나 의문이 든다.

한 가지 찾은 것은 '쓰는 사람', '즐기는 사람'이 되고 싶다는 것이다. 그러나 내 꿈에는 회의를 품은 물음표들이 끊임없이 뒤따라온다.

"그래서 돈은 어떻게 벌 건데?"

"그거 하면 한 달에 얼마 버는데?"……

수많은 물음표들에게 굳이 대답하자면,

'나는 그냥 훌륭한 사람이 되고 싶다.'

죽을 만큼 열심히 공부해서 대학에 들어갔지만 일종의 '취업양성소'같은 교육에 실망한 나는 공부에 대한 의지를 조금 잃었다. 어떤 대학은 '취업 사관학교'라는 슬로건을 달고 대학을 홍보한다. 한국의 대학은 도대체 무엇을 가르치는 곳인지 헛웃음이 나온다. 다행히 독서에 흥미가 생겨 대부분의 시간을 독서에 투자하고 있다. 그리고 더 이상 부모님께 손을 벌리지 않기 위해 아르바이트를 한다.

지금까지 웨딩홀, 주차관리, 음식점 서빙, 학원 조교, 상하차 등 수많은 아르바이트를 경험했지만 내 기억에 가장 인상 깊게 남은 아르바이트는 고추방앗간에서 고춧가루를 빻는 것이었다. 자서전을 써야겠다는 영감을 얻은, 바로 그 고추방앗간 말이다.

나는 천천히, 시간의 대부분을 투자해 자서전을 썼다. 정체되어 있을 때마다 나를 한 단계 성장하게 해준 성찰의 힘을 믿는다. 지금까지의 내 삶을 되돌아볼 수 있었던 이 기회가 평생 잊을 수 없는 값진 경험이 될 것이라 확신한다.

나의 자서전은 오늘도 진행형이다. 앞으로 내가 살아갈 삶이 글감이다. 뒷이야기가 어떻게 전개될지 나도 궁금하다.

많은 일에 도전해보려 한다. 실패해도 되돌아올 시간이 충분하기에, 나는 '젊음'이라는 내 강점을 최대한 이용해볼 생각이다.

나만의 자서전 쓰기
5가지 팁

자서전을 쓰겠다고 다짐하신 분들께 이 책이 동기부여 수단이 되고, 진입장벽을 낮출 수 있는 책이 되기를 바란다. 최대 비결은 '일단 쓰기'이다. 묻지도 따지지도 말고 일단 노트북이든 노트든 펼치고 앉는 것이다.

첫 문장을 어떻게 써야 할지, 어떤 순서로 써야 할지, 무엇을 써야 할지 막막할 것에 대비해 내가 경험한 몇 가지 팁을 적었다. 지극히 비전문적이고 개인적인 팁이지만 그래서 더 소소한 도움이 될 수 있기를 바란다.

하나. 머릿속에 생생히 기억나는 일들을 형식에 얽매이지 말고 쓰자. 사건들이 모이다 보면 자연스럽게 글의 큰 틀이 보인다.

둘, '이런 일은 좀 그런가?' 싶은 사건들도 적자. 한 사건을 계속해서 떠올리다 보면 전혀 생각지 못했던 또 다른 사건이 떠오를 수 있다. 되도록 많은 사건들을 떠올리기를 권한다.

셋, 생각나는 문장이나 대화가 있다면 바로 메모하자. 자신의 기억력을 과신하지 않기를 바란다.

넷, 감정을 글로 표현하는 것이 힘들 수 있다. 단순히 '좋았다', '신기했다' 등의 표현보다는 당시에 느꼈던 특별한 감정을 표현하기 위해 다양한 시집이나 소설을 찾아 읽어 보기를 추천한다. 개인적으로는 밀란 쿤데라의 『참을 수 없는 존재의 가벼움』, 장석주 시인의 「등(燈)에 부침」, 윤동주의 「하늘과 바람과 별과 시」가 도움이 되었다.

다섯, 반드시 마지막 문장을 끝내자. 글을 쓰는 과정 중 가장 어려운 것은 마무리를 하는 것이다. 첫 장의 첫 문장은 누구나 쓸 수 있지만, 마지막 장의 마지막 문장은 아무나 쓸 수 없다. 부디 끈기를 가지고 마지막 문장의 마침표를 찍기를 바란다.

만약, 위의 충고가 이해하기 어렵고 오히려 자신의 방식을 해친다는 생각이 든다면 과감히 무시하라. 자신의 방식을 해칠 정도로 참고할 가치가 전혀 없다.

7장. 스물의 눈높이

에필로그

모든 '쓰는 사람'에게
존경을

　나를 '쓰는 사람'의 길로 이끌어 주신 부모님과 이 책에서 언급했던 모든 은인들, 그리고 이 책을 끝까지 쓸 수 있게 응원을 아끼지 않았던 기숙사 동창들, 마지막으로 부족한 이 책을 세상에 내보낼 수 있게 해주신 애드앤미디어 엄혜경 대표님께 다시 한 번 감사의 인사를 드린다. 볼품없는 글을 끝까지 읽어주신 독자들에게도 감사의 말씀을 전한다.

　주제넘게 책을 쓰겠다고 처음 노트북 앞에 앉았을 때가 생각난다. 머릿속은 백지가 되었고, 무슨 말을 어떻게 시작해야 할지, 내가 느낀 것들을 어떻게 표현해야 독자가 공감할 수 있을지 정말 하나도 떠오르지 않았다.

고심 끝에 닿은 생각이 바로 '누구나 쓸 수 있는 자신만의 자서전'을 쓰자는 것이었다. 기억 속에 잊혔던 사건들을 꺼내고, 가슴 속에 담아두었던 생각과 감정들을 꺼내 기록하는 작업은 힘들면서도 새롭고 재미있었다. 부족한 내 머리에서 문장과 논리들을 겨우겨우 끄집어내 꾸역꾸역 여기까지 올 수 있었다. 몇 번을 고쳐도 현저히 부족하다는 사실을 부정할 수가 없다.

그리고 모든 '쓰는 사람'에 대한 넘볼 수 없는 존경심을 가지게 되었다. 글을 쓰기 전만 해도 나는 '이 정도 글은 나도 쓸 수 있지 않을까?'라는 오만하고 경솔한 생각에 빠져 있었다. 하지만 첫 문장을 써 내려가던 순간, 내가 쓴 글이 얼마나 형편없는 수준인지, 완성도나 표현력에 있어 문장이라고 내놓기도 부끄러울 정도라는 걸 깨달을 수 있었다. 그들의 창의력과 글에서 나오는 품격을 이제라도 제대로 존경할 수 있게 되어 다행이라고 생각한다.

마지막으로 이 책이 이 땅의 많은 고교생, 스무살, 청년들이 자신이 살아온 시간들을 자서전으로 써보고 성찰함으로써, 자신만의 인생을 개척해가는 데에 작은 씨앗과 같은 역할을 할 수 있기를 바란다.

에필로그

스무살, 자서전이 필요합니다

인쇄   2021년 6월 8일
제1판 1쇄   2021년 6월 17일

지음   김태훈
발행인   엄혜경
발행처   애드앤미디어
등록   2019년 1월 21일 제 2019-000008호
주소   서울특별시 영등포구 가마산로 50길 27
홈페이지   www.addand.kr
이메일   addandm@naver.com
교정교안   윤치영 copyyoon@naver.com
디자인   얼앤똘비악 www.earlntolbiac.com

ISBN   979-11-971935-9-0 03800

책값은 뒤표지에 있습니다.
잘못 만들어진 책은 구입처에서 바꿔 드립니다.

⋔ 애드앤미디어는 당신의 지식에 하나를 더해 드립니다.